雑誌とその時代

沖縄の声　戦前・戦中期編

仲程昌徳

雑誌とその時代—沖縄の声　戦前・戦中期編／目次

III　短歌雑誌とその時代　133

沖縄出身歌人の二〇年（一九二六年～一九四五年）

＊表紙図版 (表) 金城安太郎画「琉球の姫」(『月刊文化沖縄』八月創刊号、表紙画)。
(裏)『月刊文化沖縄』八月創刊号、十二月号(昭和15年)、一月二月合併号(昭和16年)〔沖縄県立図書館所蔵〕

I 『南洋情報』とその時代

1『南洋情報ダバオ特輯号』

一九三九年（昭和十四年）十一月二十五日発行『南洋情報』第五巻十一号は、「満五周年記念南洋群島特別号」と銘打って発行された。そのことについて仲原善徳は「南洋群島特別号発行に就て」として「本特別号は南洋群島を外南洋各地に紹介する趣意を以て編集したものであるが、充分意を尽し得なかつたのは遺憾の極みである。然しながら『ダバオ特別号』『マニラ特別号』『台湾、北ボルネオ、比律賓特別号』同様南洋群島のかつて現れざる半面に就て知り得る絶好の参考材料たり得るを信じて居る」と述べていた。

仲原が「南洋群島特別号」の紹介文であげていた『ダバオ特別号』（『南洋情報ダバオ特輯号』）が刊行されたのは一九三六年（昭和十一年）九月二十二日、次の『マニラ特別号』（『南洋情報マニラ特輯号』）が同年十一月二十日、そして一九三八年（昭和十三年）十一月二十五日には『台湾、北ボルネオ、比律賓特別号』（『南洋情報台湾・英領ボルネオ・比律賓特輯号』）が相次いで刊行されていた。

一九三〇年代に刊行されていた南洋関係雑誌としては『南洋』『海を越えて』『南方情勢』『南洋時代』『南洋群島』『太平洋』『南進』『大洋』『南方』といったのが上げられようが、その中で、一九三六年から一九三九年にかけて刊行された『南洋情報』「特別号（特輯号）」四冊は、仲原が述べていた通り「南洋群島のかつて現れざる半面に就て知り得る絶好の参考材料たり得る」もので、「南洋」を知るのに欠かせないばかりか「南洋」に移住した沖縄県人の動向を知る上でとりわけ重要な雑誌であった。

「特別号」の最初を飾った『ダバオ特輯号』は、「沖縄県人会」を取り上げ、次のように紹介していた。

南洋地方の至る処に多数の沖縄県人が存在する。歴史的及び地理的関係の然らしむる処であつて、日本の南進政策はこの県人が常に先駆者となつて居り、恐らく将来も沖縄県人を重視せずにはいかなる事業も振はないであらう。

沖縄県人は気候風土の関係から、恐らく朝鮮満州に於てはさしたる役に立ち得ないであらうが、南方暑熱の地方に於ては理想的の県民である。然るに、此特性を知らずして、地方的反感と偏見より往々その欠点を挙げ、長所を無視して讒謗中傷するものあり、事実上に於て圧迫を加えるものすらある。これは南進日本の為めに悲しむ可きところである。

かやうな外部の偏見と、排他心に対抗し、一面多衆の県人の向上を図り、国家の海外発展に資する為めに県人会は常に他府県の県人会よりも強力なる組織をなし、指導力をもって居る。ダバオ沖縄県人会の如きはその最代表的なもので、その指導者には往々勝れたる人材が輩出する。

「南洋情報」記者は、ダバオの「沖縄県人会」を紹介するにあたって、「南洋地方の至る処」に沖縄県人が多数いて、南進政策の先駆的な役割を果たしているといったことから始めていた。そして沖縄県人を無視しては「いかなる事業も」成り立たないと言を継ぎ、南洋の開拓にあたっては沖縄県人が「理想的な県民」であるにも関わらず、その長所、特性を認識することなく「地方的反感と偏見」によって沖縄県人を誹謗中傷し、圧迫するのは悲しむべきことだと嘆息し、そのような偏見や圧迫に対抗して「県人会は常に他府県の県人会よりも強力なる組織をなし、指導力をもつて居る」と力説していた。

「沖縄県人会」に見られるそのような主張は、『ダバオ特輯号』だけでなく、すべての「特別号」に共通して見られるもので、「特別号」の発刊は、南洋での沖縄県人の活躍ぶりを実証するためであったといって過言ではない。

「沖縄県人会」は、「事業界の人々」欄で取り上げられていた。「事業界の人々」は、1太田興業会社、2古川拓殖会社、3マナンブラン拓殖会社、4バヤバス拓殖会社、5バト拓殖株式会社、6南ダバオ興業株式会社、7大江鐵工所、9南ミンダナオ興業株式会社といったダバオ在の有力企業をあげ、その経営陣を紹介している欄だが、一県人会組織が、そこに名前を連ねているということは、一種の会社組織に見えるほどそれが「強力」な「会」であったということだろう。「沖縄県人会」が、「常に他府県の県人会よりも強力」であったのは、他でもなく「南洋地方の至る処に多数の沖縄県人が存在」し、南進の「先駆者」としての誇りを共有していたからにほかならない。とりわけダバオにおいてはそうであり、そのことをよく示しているのに「ダバオ始め集」があった。

「ダバオ始め集」は、1ダバオに初めて足を入れた日本人、2開墾を始めてなした会社、3第一次の土地問題、4初めて出来た団体、5日本人会の初り、6領事館の創設、7製氷会社の初り、8寺院の創立、9市民権獲得者第一番、10味噌製造業の初り、11新聞の初り、12ダバオ日本人小学校創立といったのを取り上げているが、その中で、沖縄県生まれの鹿児島県人である須田という男が初めてダバオを探険して、マニラの日本人に報告したこと(1)、月日は判らないが、ダバオの沖縄人会は日本人会より数年も早くできたこと(4)、新日本人会の初代の会長に大城孝蔵が選出されたこと(5)、一九三四年（昭和九年）には神山鴻吉の子神山鴻正が市民権を獲得し、最初の帰化邦人になったこと(9)、一九二〇年（大正九年）三月、新崎寛□技師が、仲原善徳らと協力して大力商会を設立し、味噌製造業を始めたこと(10)、一九一八年（大正七年）最初の謄写版刷りの会報「ダバオ日本人会報」が発刊されると同時に仲原善徳らが同人雑誌を出すが、数号で廃刊になった(11)といったように、それぞれ各方面でいち早く活動した沖縄県人を紹介していた。

沖縄県人が各地に進出し、活動したことは「物故先覚者録」や「ダバオ先住の人々」にも見られた。とりわけそれは、前者の大城孝蔵に関する記述に顕著である。

比律賓に於ける本邦移民中、沖縄県人が忍耐力強く質素にして勤勉の風あつて常に成績の良好なるはベンゲット以来一般の認むるところで、大城孝蔵は沖縄移民の引率者として常に太田商店時代より大なる努力を払ひ、太田恭三郎は又大城なくしては全然事業の完成は不可能とまで云はしめた程で、今日の太田興業はこの人に負ふ処極めて大である。（中略）

ダバオに於ける大城孝蔵の功績は太田恭三郎と共に並び称されて居り、大正七年ダバオ日本人会の組織せらるゝや初代の会長に推挙され、又同郷の沖縄県人会組織せられるやこれ又推されて会長となつてゐた。内外人に信望極めて深く、国士的風格を備へ、常に比律賓の為め、日本の為めと日比の共存共栄を志し、言行一致、又極めて侠気に富み、大正六七年邦人会社の多く設立されたる時は、進んでその助長庇護に努めた。太田興業会社をして今日あらしめ、ダバオをして今日あらしめたのは此人の功績与つて力がある。真にダバオ移民の父としての大城孝蔵は、比律賓人よりは太田会社当初の開拓地たるバゴがバゴ大城と呼ばれて居る程親まれ、日本人同胞よりは吾等の大城と呼ばれ、沖縄の同郷人よりは吾等のおやぢ（父）と尊敬されてゐた。

「太田はダバオをつくり、ダバオは太田を培養した。兎に角、太田は即ちダバオであり、ダバオは太田であつた」といわれた「太田」と並び称される大城、そして「太田興業会社をして今日あらしめ、ダバオをして今日あらしめた」大城といった賞賛の言辞は、沖縄県人が「忍耐力強く質素にして勤勉の風あつて常に成績の良好なる」民であるばかりか、常に先陣に立って働いていることを示そうとしたものであつたといえよう。

「特別号」は、南洋各地における沖縄県人の動向をくまなく取り上げようとしたかに見えるが、そのことをよく伝えるものに紀行文があった。

『南洋情報ダバオ特輯号』には七本の紀行文が収録されている。その中でも石垣粂治の紀行は、特別なものとなっている。

1

キンキン、ボンボンに行つて見ませんか。と、仲間君が云つた。キンキン、ボンボンは地名だとの事で、面白い地名もあるものだと思つた。東海岸マグナガ付近の村落の名称である。マグナガは、大城孝蔵氏最後の事業地で、ラヒリバー・プランテーションの所在地であるので、私は、どうでも一度は行かねばならないところであった。

仲間滋夫君は、私がラサンに居た時からの知友で、又、最後まで郷党の先輩大城氏の事業に従事して居たのである。その縁故で、私は、ダバオからランチに乗つてマグナガに行き、仲間君のキャンプに一週間もごろ〳〵して居ながら、付近の耕地を歩き廻つたのである。

2　ダバオ東海岸では、賓多産拓殖会社、サザンクロス拓殖会社、ラヒリバー拓殖会社の三邦人会社と、パントウカン、マンビシン、タクランガ等の三四の比人、米人耕地を見て歩いたのである。

3　タグナナンの耕地はモーロー・プランテーションと称し、米人アーラン夫人の経営である。日本人が百三十五人中百三十人は沖縄人、前のジャコブソン氏の耕地と共に、此辺は殆んど沖縄県人が多く、そして米人等に信用せられて居る。

4　バントーカンは、土地のキャンセル問題最初の槍玉に挙げられたゴルフ・プランテーション・コムパニーの所在地である。米人H・B・ヒューズ氏の経営で、全面積五百町歩、日本人自営者四十人程で、殆ど全部が沖縄県人の入港地である。

石垣の紀行文が特別なものになっているのは、いたる所の耕地に沖縄人を訪ねているだけでなく、時に、彼らを集め「一場の講演」をしたりしているところにある。

5　マグナガに到着した翌日、金武字会があると云ふので招かれて一場の演説をして、青年の士気を鼓舞した。会衆二百人余、余興に相撲があつたが、どしやぶりに大雨が長い間降つた。

しかし彼等は、雨の中をものともせず、泥まみれになりながら勇ましく日没まで力闘したのであつた。

6　マンビシン其他の耕地に働いて居る邦人麻耕作所の集会所三ケ所に於て、一場の講演をなした。

石垣の紀行文は、「キンキン・ボンボン記」「ラサン河畔の思ひ出」「バゴボー人のアゴン」の三編。1から6までの引用は、すべて「キンキンボンボン記」に見られるものである。マグナガは大城孝蔵の「最後の事業地」であったことからして、「金武字会」がそこにあったのも別に不思議なことではない。石垣は、そこで「一場の演説をして、青年の士気を鼓舞した」という。またマンビシンその他の耕地でも「一場の講演」をしたという。

石垣は、金武字会の青年たちを前にして、どのような演説をしたのだろうか。その内容については記してないが、時期を同じくしていると思われる演説について記したのがあと一つの紀行文「バゴボー人のアゴン」には見られる。

一九三六年六月の末、ダバオ州サンタクルース、バラカータン耕地の酋長オウエン宅で石垣は、「酋長オウエンを始め満場のバゴボ人諸君！　私は日本から来た新聞記者であります。私は、今日諸君の村落に来て盛んな歓迎会を受けて有り難く厚く感謝する次第であります」と前置きし、

「私が、当地に参りました目的は、私の同胞の多数が諸君の所有する土地内に入つて来て、麻の耕作をなして生活をして居る実状と、諸君の風俗習慣を見せて貰ひに参つたのであります。しかし、私は諸君の風俗習慣を珍しがつてわざわざ見に参つたのでは無いのであります。／私の同胞が、諸君と共に手を引き合つて、産業を興し、御互に共存共栄の道を講じ、有無相通じて、従来も互いにやつて来た通り、将来も幾久しく仲良くやつて行くと云ふ為めには、吾々は充分諸君の事情を知つて居らねばならない。又諸君にも出来得る限り、吾々の事や、日本の事情を知つて居て貰はねばならないので、必要止むを得ずやつて来たのであります」と始めていた。

石垣は、そこで、日本人が当地に入ってきたのは土地を奪うとか、利益の搾取を目的としてのことではないこと、それどころかこの三〇年間、さまざまな迫害を受けながらも比律賓の為に一途に働いてきたこと、未開の地であったミンダナオ島が、新たな産業の地として世界注視の的になったのは日本人のおかげであること、それにも関わらず今土地法違反といったことで騒ぎ立てるのは諒解に苦しむといい、理解を求め、将来は、共に手を取り合ってミンダナオの開拓に邁進しようではないかと呼びかけていた。

石垣の演説に対し、酋長オウエンは、スペイン時代には圧迫され、アメリカ時代には稍よくなったとはいえまだ恵まれなかったが、日本人が入ってきてから、土地を耕作してくれ、プレゼントを呉れるので、労せず所得を得ると云った有り難い時代になったとして、永久に日本人と提携して行きたい、と応答したという。

石垣の演説は、日本人の開墾のおかげでミンダナオ島が「新たな産業の地として世界注視の的になつた」ことを強調したものであったが、時期を同じくしてなされた金武字会の青年たちを前にして行った演説も、バラカータ耕地でのバゴボ人向け演説とそう異なるものではなく、同演説を日本人向けに焼き直してやったのではないかと思える。

石垣は、「元来、私といふ人間は講演とかをする柄でないし、極めて下手で、脱線転落等が得意のぼろ講演で、自分で何を云ふか分らない位であるが」といい、「邦人耕地に於ては、日本のニュースに飢えて居るので、何でも喋ろと云ふので、私は勇気を出して喋り歩いた」といっているが、オウエン宅での演説を見る限り、「脱線転落」どころか、首尾一貫、すぐれた「演説」家の才能を有していたことがわかる。いずれにせよ、彼の演説は、邦人耕地の青年たち、とりわけ沖縄出身の青年たちを鼓舞したに違いない。

奥地で働く沖縄県人たちを訪ね、時に演説を行ったといったことを書いた石垣条治の文章は、よく見ると「南洋群島特別号発行に就て」を書いた仲原善徳の文章とかなり重複していた。例えば、石垣の紀行文の一つである「キンキンボンボン記」に見られる「バンガシナンでは、アラナシオ君が、私に向つて、恰も昨日でも訣れた人のやうに、何故此頃大力商会はうつちやらかして居るかと謂ふので驚いた。私は、十八年も昔の事であるから全然忘却してしまつてゐたのであるが、彼は、私がダバオにゐた時の事をよく覚えてゐたのである」といった箇所、またあと一つの紀行文「ラサン河畔の今昔」に見られる「昭和十年の末、私が南洋群島の島々を廻つて、ダバオに上陸した時」といった記述は、仲原善徳の「僕とダバオ」の一節「僕は大正六年七月ダバオに渡航し、ローヤンの座安亀助君のところで二ケ月草取労働をなし、後ラサン拓殖会社に三年程勤務。ラサン食堂、大力商会等を創設し、大正九年新嘉坡に渡航した。麻山も経営したが大損をした。昭和十年十八年ぶりで再渡航し六ケ月滞在して帰朝した」という箇所とほぼ重なっている。

石垣条治は、仲原のペンネームの一つであったことをそれは語るものであったが、仲原は、石垣のペンネームを使った文章だけでなく、『南洋情報ダバオ特輯号』に見られる多くの無記名記事も書いていた。例えば「神山鴻吉氏はモロの部落に入り、各々土人を心服せしめて開拓の草創時代に奮闘し、後人の為めに大いなる功績を遺した」「勢理客と上原の二人は、東海岸ラサン方面に於て最も危険なる蛮地に単身入り込んで煎餅焼きより漸次手をのべ日用雑貨品を商ふまでになつたが、二人とも後郷里に帰つて行つた。後ラサンに神山鴻吉が入つて行つて、酋長サムエルの勢力と争ひながら、煎餅焼きより身を立て、真栄平房仁と共にラサン拓殖会社を創立して此方面に於ける邦人移住の基を開き、ブナワンには赤嶺亀次郎が又土地を租借して栽培会社を組織して邦人の為めに便利を図つたのである、神山、赤嶺の二者は相次いで死去したが、此方面の開拓者としての名はいつ迄も忘却せられるものではない」といった「草分時代のダバオ」の記事、「旧友真栄平君が、土人監督をなし、平良、宮里、長嶺等の旧友が皆そこの仕事に従事し、又、河口より県道までの間は亡友神山鴻吉君の遺族の所有になつてゐる椰子山とその住宅がある」といった「ダバオの林業を視る」と題したいわゆる現地報告など、仲原でなければ書けなかったものである。

仲原善徳は、石垣粂治のペンネームで紀行文を書き、また数多くの無記名記事を書いたが、彼が行ったのは他にもあった。『南洋情報』記者として同雑誌への寄稿を依頼する仕事である。

海外の同胞子弟の教育が、多く小学校段階で終わることからして、小学校教育の充実をはかるべきであると提案した大宜味朝徳の「第二世教育の一考察」は、仲原からの依頼で書かれていたし、真栄城信昌が、一九二〇年代後半から三十年代前半にかけて起こったサイパンにおける「労働者の待遇改善を要求する運動」について書いた「サイパンの回顧」も、仲原からの依頼によって書かれたものである。真栄城の「回顧」は、『南洋情報ダバオ特輯号』の中では場違いの感を抱かせるものであるが、サイパンの問題は、ダバオの問題としていつ起こってもおかしくないものであったといっていいだろう。それは南洋における「沖縄問題」の一つであったはずである。

仲原が、大宜味、真栄城に寄稿を依頼したのは、大宜味が海外研究所長、真栄城が南洋通信社ダバオ支局長といった、南洋と関わりの深い要職にあったことによるであろう。そして彼らは、南洋に移住した沖縄人たちの向き合わざるを得なかった問題を取り上げて、仲原の依頼に答えたのである

2　『南洋情報マニラ特輯号』

『南洋情報ダバオ特輯号』は、「ダバオに於ける日本人圧迫の諸問題」として、1土地問題、2漁業問題、3森林伐採権問題、4U・P問題、5ビヤホール問題、6従業員問題、7ランチライセンス問題といった政治、経済、社会のあらゆる分野で見られる日比間の摩擦を取り上げていたが、その問題はまた「マニラ特別号」にも引き継がれていた。

巻頭言は「比島の維新時代」と題して、次のように始めていた。

尊皇攘夷か開国佐幕か、比律賓の今日は将にわが国の徳川末期の如き国論の混乱状態である。親米排日か、米国依存半独立か、完全独立親米親日八方美人主義乎。混沌としてその国是を捕捉する事は困難であるが、日米両強の中間に介在してゐる新独立国の為政家として、その帰結点を定むるに躊躇逡巡するは蓋し止むを得ざる事であらう。

連邦議会第一次の開会に際し、提出された夥しき拝外法案を点検するに、その親米又は米国依存の旧観念は、当分のうち拭去する事の困難たるを容易に知る事が出来る。あらゆる権益を、米国の市民は比律賓の市民と同様に享受することが出来るが、東洋人特に日本人の為めに開放収得されむとする用意は微塵だも見出す事は出来ない。尤も、比律賓憲法とその精神が既に比律賓共和国の成立迄は、米国の一連邦としての過度的存在として制定されて居るのみであるが、それにしても、日本と日本人は余りに無視され敬遠されんとする感あるは痛恨事である。

日比関係は、吾人の度々唱導する如く、西比と米比の交渉よりも遥かに歴史的に深く、地理的にも近接し、将来永遠に相結んで進むべき運命にある事は、誰人も否認し得ざる事実である。この事実の前に、比律賓の政治家又は民間指導者等の対日態度の歪曲を如何にして是正す可き乎。吾人比律賓関係者の真剣に考慮せざる可からざる宿題である。

一九三五年(昭和十)十一月十五日、比律賓コモンウエルス新政府が誕生。十年後の独立に向けて、さまざまな法案の整備が始まるとともに土地問題を始め、漁業問題、森林伐採権問題、小売営業権問題、従業者制限問題等比日間における様々な課題が持ち上がっていた。そういう中で巻頭言は、比の親米、排日的態度を憤っていた。

巻頭言の「あらゆる権益を、米国の市民は比律賓の市民と同様に享受することが出来るが、東洋人特に日本人の為めに開放収得されむとする用意は微塵だも見出す事は出来ない」ばかりか、「日本と日本人は余りに無視され敬遠されんとする」といった慨嘆は、比律賓関係者に共通するものであった。木原次太郎(在マニラ副領事)は「日比提携の要素」で、そのような排日、恐日的態度は「比律賓人が日本及日本人なるものを充分理解してゐない事に基因する」といい、「比律賓人の啓発こそ経済的にせよ文化的にせよ日比提携の実を挙ぐべき根本要素」だと説いていたが、それとは逆に、日本人は、どれだけ比律賓人を理解していただろうか。

「比律賓に対する諸家の感想」として「比律賓及び比律賓人に就て特に興味を感じたる点」についての感想を求めた企画は、日本人の比律賓、比律賓人観をよく示すものであった。そこで、当時南洋通として数多くの南洋紀行を書いていた安藤盛は、「比律賓人に就いての興味との仰せ。私は彼等フイリツピン人がいやにアメリカかぶれして、一つぱしの独立国人のやうな顔をしてゐるのを見ると本当に笑ひたい気持につゝまれるのでした。今後あの浮薄なフイリツピン人がどんな風になるかが大きな?でせう。だがフイリツピン人と云つても私の云ふのは蛮人のことでなしに都会に住むいふところのインテリ級です。かくさずに云ふと日本人を小馬鹿にしてゐる態度は怒られもしないではありませんか」と述べていた。また海外興業株式会社重役の肩書きを持つ正木吉右衛門は「一、比律賓人は其の指導宜しきを得ば東洋に於て日本人に次ぐ位の文明を持ち得る国民にはなれる可能性があるから同国の指導階級の人々に其の重責を自覚するやう警告したい。二、全島の未墾地の開拓を現在の比律賓人に任せて置いたら早くとも五百年はかゝる。斯んな事では、世界の物質文明の落伍者となるより外ない。政治的独立を契機に経済的独立にももつとく覚醒せねば何百年経つても三等国民の域を脱し得まい。三、××の傀儡的軍備にのみ熱を上げてゐる様では未だ〴〵国家百年の大計を論ずるに足らない者だと言ひ度い」と述べていた。

安藤、正木といったそれぞれに文化界、経済界を代表するばかりか、海外通としてその名を知られていた者たちの発言には、比律賓人を理解しようとする態度は全く見られない。それどころか、そこにあるのは比律賓人を「小馬鹿にしてゐる態度」であり、指導者意識まるだしの姿勢である。

その中で沖縄出身で衆議院議員であった漢那憲和の言は異彩を放っていた。漢那は「御指定の題意には副はぬかも知れませぬが左に所感を」として、「近頃日本の南進政策が宣伝せらるゝ結果関係外国に相当の衝撃を与へて居るやうであります。これは唱へ出した方に於てその時機方法に周到なる注意を欠いた点もありますが又聞く方が侵略主義と誤解した為かと存じます。我南進政策は全然平和的経済的発展を企図するものであつて毫も侵略の意図を包蔵するものでないことを列国が知つて貰い度いのであります。／比律賓に於ける日本人の発展も全然平和的経済的のものでありまして比島の富源を開発し日比共存共栄の具現化以外の何ものでもありませぬことは事実が証明して居ると存じます。何卒この点を比島の識者が能く認識せられんことを希望いたします」と述べていた。漢那のそれは、日本の「南進政策」への理解を求めるもので、安藤や正木の傲慢不遜の態度とは明らかに異なるものであり、漢那自体が、「我南進政策は全然平和的経済的発展を企図するものであつて毫も侵略の意図を包蔵するものでないことを」信じていたところから発されていた。漢那の誠実さが、後々最も比律賓人を裏切る言辞になっていったのは歴史の証するところであるが、少なくとも彼は威圧的ではなかったし、比律賓人へ寄り添おうとする姿勢があったことだけは間違いない。

「ダバオ特輯号」も「マニラ特輯号」も、ともに「南進政策」の現状を示すことに意を用いた編集になっていたといっていいが、前者と後者の編集上の違いをあえてあげるとすれば、前者が土地（問題）、後者が漁業（問題）に力をいれている点にあろう。「ダバオ特輯号」では「南洋経済的発展に対する意見」（拓務省嘱託児島宇一）でわずかに触れていた漁業について、「マニラ特輯号」では「マニラ湾の邦人漁船」をはじめ、「マニラ邦人漁業に就いて」（林商会岡崎睦五郎）、「マニラに於ける追込漁業の起源」（在マニラ城南朝雄）、「比律賓に於ける広島県人漁業発達状況」といったように四本もの記事が収録されていた。

漁業はまた、沖縄県人と切っても切れない南洋における大切な職業の一つであった。「マニラ湾の邦人漁船」は、「現在マニラ湾を根拠としてゐる漁船の総数は約百二十隻であり、従業者は広島県人と沖縄県人が主であつて、各々五百人内外。沖縄県人はサン・ミゲール付近に集中し、広島県人はトンドに集団し、トンド漁業組合の統制下にある」と、漁業従業者の集団とその活動地域についての紹介をしたあとで、「トンド漁業組合」については別項にゆずるとして、「サン・ミゲールに於ける沖縄県人漁業」について触れていた。

サン・ミゲールに於ける沖縄県人漁業は、又南洋に於ける最も勇敢なる代表的漁業者であつて、凡そ、南洋の国々島々の隅から隅まで彼等の知らざる処なしと謂はれる位で、チャート等は、彼等の航海に多くの必要具に非ず、獰猛なる食人鱶等を恰も小蛇を踏みつぶす程にしか考へてゐない気迫をもつてゐる。現に記者の知友にして、サン・ミゲールの漁業従事者と食人鮫と闘つて敵を征服したる経験者が四五人も存在し、なほ遠海に出漁して活動しつつある。

委任統治南洋群島のある長官が、沖縄県人漁夫を評して性格粗暴云々と粗暴なる言を吐いた事を記者は記憶してゐるが、マニラに於ける沖縄県人漁業者は、その長官以上に英西語及び土語を語り、各南洋の地理に通暁し、各自動車を所有し、時としてサンタアナ・ギャバレー等に紳士的に踊る実情を知れば、南洋長官蓋し思ひ半ばに過ぎるであらう。

漁夫は性格の荒々しいもの、且つその生活は極めて簡単質素たるは天下何処に於ても通用してゐる常識である。記者は、南洋群島の各地、メナード、ダバオ、シンガポール、イロイロ、セブ、マニラの各地に於て沖縄県人漁夫の多数に屡々会見したのであるが、彼等の特異の長所は、その欠点を補ふて余りあるものである。

生半可通は往々、南洋群島等に於ける沖縄県漁夫の生活程度が、カナカ人と同様なりとして軽蔑し、非難せんとするが、憐れむ可し、何故に吾々は生活の地を求めて南洋の各地を彷徨するかの根本理由を知れば、非難者は自らの無知を恥づ可きである。

　マニラに於ける沖縄県漁夫の家庭は、その妻娘が往々市場に出て販売の役目を司つてゐるのを見うける。実に驚嘆すべき事で、記者は、此の国際都市に於て、各国語を巧みにあやつり、性悪の比律賓人を駆使しつつ商売をなしつつあるその才能に敬服せざるを得なかつた。

　此の気迫あつてこそ世界に雄飛する日本人の前哨線に立ち得るのであつて、為政者や生半可通の体面論では南進などは絶対不可能事である。なほ、外目には、沖縄漁夫は極めて団結力強いと云つてゐるが、この点は些か誤りで、割合に糸満漁民は多年の海上生活の経済的慣習より、極めて個人的の考へをもち、共同又は公徳心等に無理解の点を見るは欠点とすべきであるが、近年教育普及の結果、次第にその欠点は補はれつつあり、マニラに於ける沖縄県人の示導者には、非凡の才能ある士が多いのを見て、大に心強くなつたのである。


「マニラ湾に於ける追込漁業の起源」によると、一九一九年（大正八年）糸満出身者が集まり、タロモで就業、次いで東海岸のキンキン、一九二〇年（大正九年）ルソン島、一九二二年（大正十一年）イロイロに進出、そして「マニラ湾に於ける邦人二大漁業の一勢力」を形成するまでになったとされるが、その一勢力をなす沖縄人漁民が、どのような目で見られていたかを「マニラ湾の邦人漁船」は書いていたのである。沖縄人漁業者が誤解と蔑視に曝されていることに対する悲憤がよく現れた記事は、多分仲原の手になるものであろうが、それは他でもなく、彼が彼等と郷里を同じくしていたところから出ていよう。

仲原が沖縄出身であることは「菅沼貞風の墓前感」で、彼自身が「南方雄飛陣の第一線たる琉球に産れ」と書いている通りである。その「南方雄飛陣の第一線」にたっている同郷の者たちが、誤解され差別されるのを「雑兵走卒の一員として南溟滄浪の間を馳駆」しつつある者には、黙って見逃すことが出来なかったのである。石垣粂治のペンネームになる紀行に、沖縄人が数多く出てくるのも、彼等の頑張る姿を紹介することで、誤解の一端を解くことができるのではないかと考えたからに他ならない。

仲原は「マニラ特輯号」にも、石垣粂治を用いて「南部呂宋遊記」「北部呂宋遊記」「比律賓女系図」の三編を発表している。「南部呂宋遊記」「北部呂宋遊記」はともに現地で働く沖縄人たちを訪問した記録で、石垣（仲原）があいかわらず精力的に各地を歩き回っていることがわかるものとなっている。後者は六章からなっているがその「1イゴロット民族誌」の章では、「部落部落にある幾つもあるオログは、結婚前の処女等の集会所であるが、これは日本の地方地方にもある処女倶楽部のやうなものである。琉球地方の夜業所とは全く同一目的のところであるらしい」といったように、訪問先の習俗、慣習が「琉球諸島の人間の風俗習慣等と著しく共通的なところ」がある点を紹介していた。

また比律賓を語る際には必ず登場するといっていいベンゲットについては、「6ベンゲット悲史」として「ベンゲット路二十一哩三五の開鑿工事中、日本人の生命を失つたのが五百人。わが松の都の詩人、古屋白夢君が、バギオ現住一千の同胞は、先亡同胞五百の遺骨の上に立つと詠嘆してゐるのであるが、比島在住同胞二万は、すべて、彼等無名の先覚者の霊の上に立つてゐると云つてもいい」と記し、比島開拓のために一命を賭した先人たちを偲ぶとともに「先進国の国際的不徳義を後進国が模倣せんとし、排日法案の製造等に極めて熱心なる比島政治家が多いやうであるが、先づ日本移民のうち建てたる功績を時に想起して自省すべきである」と書いていた。

「比律賓女系図」は、キャバレーで働く比律賓女性から、母が再婚して出来た妹たちは日本人の子供だから日本人だという話を聞いたことや、ビヤホールで働くどこから見ても日本人に見えるピサヤ少女を見ての感想を書いたものであるが、「凡そ、比律賓人とは何ぞや、十代から二十代の前には、きつと日本人の血も多分注がれてゐるに違ひない、又、これから大に注がれて行くであらうから、その精神にも、大に日本人的精神を注ぎ込んで行かうと云ふのが私の大計画である」と結んでいた。

石垣（仲原）には「日比国際児の教育方針の根本を樹立する為」にはどうすればいいかという課題があった。そこで彼は「日本人的精神」の注入という計画を打ち出しているわけだが、それは彼が「比律賓人の精神や言語は、終に日本化するのが究極の運命ではないか」と考えていたところから出て来ていた。

石垣（仲原）は「私のすばらしい無想」として、「比律賓人に日本的教育を授ける、東洋人的精神を吹き込む」ということを語っていた。それが植民地主義的であり、侵略主義的な考え方に基づくものであることは多言を要しないし、またそれは、彼が非難してやまない沖縄人を蔑視する人々と立脚地を同じくするものであった。沖縄人蔑視を憤ることと、比律賓人に「日本人的精神」を注ぎ込むということとは、両立しがたいはずのものであるが、「南進」政策は、それを気づかせないほどに狂的なものとなっていたのである。

「マニラ特輯号」は「ダバオ特輯号」にはなかった俳句欄を設けるとともに、福田正夫の短篇小説「この一編をマニラ号に載せて、遠き赤陽下の人々に捧ぐ」と付記した「南への情熱」を掲載していた。『南洋情報』が、どれだけの購読者数を持っていたかわからないが、福田が短篇を寄せるほどには知られていたのであろう。

3『台湾・英領ボルネオ・比律賓特輯号』

一九三八年（昭和十三年）十一月二十五日発行『南洋情報』「台湾・英領ボルネオ・比律賓特輯号」は、仲原善徳記名になる「特輯号発行に就て」を巻頭においた編集となっている。仲原はそこで、本特集号は「昭和十二年四月より同十三年二月に至る約十一ケ月間の旅行記録を収録」したものであるといい、「ダバオ特別号」「マニラ特別号」同様「前人未踏の地を探り、或はかつて発見されなかつた特殊材料に注意して案配したので、各種の南洋事情を知る上に絶好の参考書」になるはずだと強調した上で、「今回は旅行中偶々事変に際会し、各地の情勢が目まぐるしく変転して居るので、時事問題に関しては本特輯号には掲載しない事にした」と書いている。

「事変」とは言うまでもなく、一九三七年（昭和十二）七月七日夜、盧溝橋で日本軍、中国軍の衝突によって始まった日中戦争のことであるが、仲原の旅行は、事変勃発から八月八日北京入城、十一月十一日上海占領、十二月十三日南京占領、翌三十八年一月十日青島占領といったように日本軍が破竹の勢いで進軍していた時機と重なっていた。

「台湾、英領ボルネオ、比律賓特輯号」は、時事問題に関しては掲載しないと断っているように、正面から日中戦争について触れた記事は見当たらないが、全くその影がないわけではない。ただ一つだけだが「祝漢口陥落」として「警視庁の窓から電車の窓から行列から万歳万歳揺れる提灯」といった新入編集者前澤末麿の歌らしきものが見られたし、石垣条治の「呂宋北部の再遊」には、バギオへ向かう途中偶然同乗した者たちから聞いた話として「先づ、日支事変惹起以来、米人英人等経営の会社に於て、日本大工の使用禁じたもの多く、大工の失業者が多くなつた事、比島政府に関係の仕事に勤務の給料取又は請負業者の解雇、中部呂宋の人口最も稠密なる地方に於ける大地主と小作人の争議多く、近頃血腥い話が多くなつた事、タルラック付近の大平原は寺院の僧侶の所有地が多く此方面に争議が甚だ多い」といったことが記されていたし、渡辺薫の「新開港場アパリー」にも「一九三七年二月開港以来比較的順調な収入状態に在つたアパリー税関も、日支事変突発するや船腹の払底と材木の輸入制限で、日本は殆ど同地への連絡を失ひ、筆者訪問の際の如きは辛うじて二百頓級発動船に少許の材木を積んだ丈けだとこぼして居つた」といった話が書かれていて、事変の影響が濃くなりつつあったことが窺われるものとなっている。

日中戦争の勃発によって、移民地の英米関係職場では日本人に対する厳しい対応が見られるようになっていたが、雑誌の編集には大きな変化は見られなかった。記者は相変わらず、移住地を飛び回っているし、しかもそれがさらに広がっていた。石垣条治の「英領ボルネオ遊記」、記者の「台湾の印象」「台湾雑景」といったのがそうである。戦時とは思えないような旅、取材旅行を続けているのである。

しかし、その旅の記録は、これまでと少々異なるものになっている。

私の敬服してゐる新聞記者の某君は、台湾は一種の特別村即ち内地の片田舎の村、台湾村と思へば好いと私に教へて呉れた。なる程、台湾と云ふ土地は、一種特別な村落だわいとつく〴〵感心せざるを得なかつた。

会社の社長等と云ふ階級に面会するには、東京で大臣に会見するよりも困難な手順を経なければならない。最も、台湾では、重要な人々に面会するには一々総督府の紹介を持つて行かねば会わない慣習になつてゐる。これは構はないとして、社長は又山の上人の超層階級として吾々下賤なものに御目通り叶はん事は構はないとして、カフエーや料理家許り廻るのを日常の仕事としてゐる庶務課長とか云ふ人々に一々貴重な紹介状を持つて行くと云ふ事は、吾々自身の自尊心を傷けるのみか紹介者の人格を迄失墜すると思ひ、たまらなく不愉快なものであつた。

私は、ある銅山に関する用件をもつて遠い〳〵山の上に、ある相当な人の紹介（状）を持つてわざ〳〵一日の隙を費して庶務課長殿を訪問して行つた。

然るにその庶務課長は、理由なしに面会を避け、私は比律賓に四十何ケ所の有望鉱山を所有してゐる由なる庶務課次長殿に接見する光栄しか有し得なかつた。内地等では考へ及ばざる礼儀作法である。

ある紙会社では、予め電話で打ち合してあつたので炎天の下をわざわざ徒歩で行つて——乗物は何もない処であるから——名刺を庶務課長に出したら、私はこんな人は知らんとここでも庶務課次長君に引見された。無論、此等の徒から何の話も、材料も得られるものではなかつた。

台湾では、比律賓とりわけその奥地に於ける日本人記者を遇する態度とは比較にならないものがあったのである。よくも悪しくも台湾は、日本的な職階制度が浸透していただけでなく、それが極端に踏襲された植民地であった。比律賓では歓待された会社訪問が、台湾ではけんもほろろに扱われたのである。取材記者としては、これほど腹に据えかねることもなかったであろう。それだけではない。

台湾では新聞雑誌が、おそろしく悪用されてゐるやうに思ふた。私の知つてゐる「沖縄県久米島」に就いてその頃度々記事が出てくるのであつた。同島の金鉱が有望であるとの記事で流行の話題になつて居たのであるが、それをわざ〳〵「鹿児島県下の久見島」として書いたり「沖縄県下の無人島恐る可きマラリヤの流行とハブのウジャ〳〵してゐる処」などと書いて、誰人もそれを訂正しやうとする奇篤な良心をもつてゐる地理学者も、小学校の先生も居ないやうであつた。

若し天気晴朗の日、基隆から首を長く伸せば眼下に見えそうな近距離にある沖縄県下でも有名な島の事である。それが、基隆の鉱山ブローカーの手に乗つて、無人島になつたりハブの充満する島になつたりしてゐる。恐る可き無知と無恥である。

私は、自分の生れ故郷の名誉の為めに「その島は沖縄県下の久米島であつて、人口一万五千。中央公論や改造等の一流雑誌でも、おそらく台湾全島より多く読まれて居るだらう処の文化の島だ」と訂正した。

「台湾の印象」は、無記名になるものだが、仲原善徳が書いたものであることは、「自分の生れ故郷の名誉の為めに」としてあるところから自明である。仲原は、台湾でよほど嫌な思いをしたのであろう。これも多分仲原が書いたと思われるが、「台湾雑景」では「台湾の民間人の馬鹿馬鹿しい低劣愚悪の気風は、到底二度と私に台湾を踏むの勇気を出させ得ないまで軽蔑すべきものである」と書いていた。仲原にそのような思いを抱かせたのは、勿論、台湾に於ける日本の上をいくような階層意識の愚劣さにあったが、あと一つ、台湾人の沖縄観にもあった。

言語の事で滑稽なのは、台湾人が、お隣りの琉球では、依然琉球語を使用してゐるではないかと云ふものがあるので、台湾の官吏は在台沖縄県人に対し、君等からしてけしからん、早く普通語を使へと云つた事である。これは、此台湾籍民も、官吏も共に琉球語が日本語の古語であるのを知らなかつた結果である。台湾語と琉球語と同じく、日本語と全然無縁のものであるとされては琉球語が泣くであらう。

言語に限らず、台湾の官吏や新聞記者が常に琉球を継子扱ひにしやうとするのは、彼等が無智の結果であり、台湾人が琉球の欠点を指摘し抱合心中をしやうとしたりするのは、悪い慣習である。又、台湾人が、総督府に圧迫されて、不平を云ふ分子もある由であるが、上述の如く、台湾の百姓は天恵豊なる上に、政治的にも寧ろ甘やかされて居る程である。日本内地の農家の実状を知つたならば、不平など云はれた義理ではないと私は思ふた。お隣の琉球から見れば、誠に台湾こそは、王道楽土であると考へた。

仲原は、台湾にいる官吏や新聞記者が沖縄を見下すような言動にも、さらには台湾人の沖縄観にも違和感を覚えただけではない。彼等を無知だと告発するのである。仲原には、台湾の全てが気にいらなかった。不潔、現金主義、偽札、偽金、物価高、不親切、横柄、これは何も台湾だけに見られるものではなかったはずであるが、仲原は、よほど腹にすえかねていたのだろう。

仲原もそのことに気が付かなかったわけではない。「台湾をこきおろして許り居て、台湾のいい処を見逃しては済まない」として、台湾出身者との親しい交流について触れていた。比律賓や新嘉坡で付き合っていた彼らは「個人的に交際して、実に人情の厚い、親しむべき性格を持つてゐる」こと、台湾で友人に紹介された彼らも「個人〳〵として交ると、まことに情味の深い人々であつた」といい、彼らに案内されて「芸妓の家」や「カフヱ」に行ったこと、更には「媽姐祭」

に招待され、歓待を受けたといったことを書いた後で、「『改造』の懸賞小説に一等当選した劉君とも特に一夜会見して見た」としてその印象を書いている。仲原は、彼について「極めて神経質な、いかにも芸術家らしい青年であったが、一面歯痒い程内気な、臆病で、弱い性格の青年のやうに思つた。何を遠慮してゐるか知れないが、犯罪者が警官の前に立たされてゐる気持ちで、決して本心を見せまいと努力してゐるやうに見えた。私には彼劉君が、私を□□□（数文字空白）の思想的探偵とでも誤解して居るのでないかと思つて気の毒であつた。最も私は警察会館に泊つて居たから、それ程彼はいぢけていた」と書いている。

龍瑛宗の「パパイヤのある街」が『改造』に掲載されたのは一九三七年四月、第一九巻第四号。『改造』第九回懸賞小説賞を受賞したことで一躍その名を知られるようになるが、「その頃、台湾の新聞の文芸欄は、彼の作『パパイヤのある風景』に就いて、批評が盛んで、甲是乙駁なか〳〵賑やかであつた。しかし、それ等の文学青年諸君の議論は、どうも何れも嫉妬的、又は弁護的の喧嘩であつて『パパイヤのある風景』の芸術価値を論議して居るのではなかつた。『作者を虐める風景』又は『作者を庇ふ風景』であつた」と、仲原はいささか揶揄気味に書いている。

一九三四年（昭和九年）十月、楊逵が「新聞配達夫」で、『文学評論』懸賞小説に入選したことが「次々と日本文壇を目指す台湾人作家を輩出させる引き金にもなった。呂赫若、張文環、翁鬧、龍瑛宗らがそれである」（『日本統治期台湾文学台湾人作家作品集第一巻楊逵』「楊逵作品解説」河原功）

といわれるが、楊逵に続く龍瑛宗の受賞は、一段と台湾文学界を活気づかせることになる。仲原の渡台は、丁度その頃にあたっていた。

龍瑛宗は「パパイヤのある風景」で、「吾々下つ端に対しては大へん威張り散らしてゐるが上役や内地人に向ふと、打つて変つて慇懃で家畜のやうに卑屈」になる役人たちの姿や、「人の噂さだとか女や金銭に関することばかり」を話題にし「現状に甘んじ、現状に転がつてゐる僅かばかりの享楽を血眼になつて探し求めては楽しんでゐる」同僚や友人たちの姿を取りあげ、そのような「吝嗇、無教養、低俗の汚い集団」が他ならぬ自分の「同族」であることに絶望し、懊悩する主人公を描いていた。

「パパイヤのある風景」が発表された年は、中国への全面的な侵略がはじまった年であり「台湾では、漢文の使用禁止が出され、寺廟の縮小と神社の増設、そして中国劇の上演禁止令が出され」「台湾人の生活から親しみやすい風景はとりさられ、かわって、特高警察の大増員と、皇民化運動のそらぞらしい掛声が、六〇〇万島民の頭上を往来する」(尾崎秀樹『近代文学の傷痕　旧植民地文学論』)ようになっていた頃である。

仲原が龍瑛宗に会ったのは、まさしくそのような時期であった。

龍瑛宗は、日本語を習得し、日本語で、台湾の現状に絶望していく有為の青年の姿を描いたが、それは、沖縄の日本語表現、とりわけ近代小説のたどった歴史を彷彿とさせるものがあった。仲原が、そのことを知っていて、しかも「そらぞらしい掛声」に押しつぶされていく状況の現出にただならぬ気配を感じとっていたら、龍瑛宗に対し、もう少し異なった接し方をしたのではないかと思う。

仲原には、植民地の問題がよく見えてなかったといわれても仕方がない。台湾は、比律賓とは大きく異なっていた。

「台湾・英領ボルネオ・比律賓特輯号」の「台湾・英領ボルネオ」は付け足しで、同号はマニラ、ダバオ両「特別号」で扱えなかった比律賓を取り上げるために組まれた特集号に見えないこともない。それほどに比律賓に関する記事の雑誌に占める割合が高い。

昭和十二年のダバオ訪問は、同七月十日より、十一月十日に至る全四ケ月であつた。この間に、私は、故人大城孝蔵氏生前の功労を記念する為めの、ダバオ沖縄県人会発起の胸像建設の相談に預り、諸方かけ廻つて寄付金を募集して歩いた事と、同氏の小伝を書く事を委嘱されたので、其材料を蒐集することに主力を注いだ。

その序に、或は余暇を利用して、最も尖端の耕地をかけ廻つて、ダバオ州の住民たるアタ、バゴボ、マンサカ、マンダヤ、マノボ、モロ、テロライ等の事情を調べて歩いた。ラサン河の上流、イホ河、ダバオ河の上流等にて、彼等と日本人との生活の交渉を、出来得る限り精細に調査して見た。

「台湾・英領ボルネオ・比律賓特輯号」は、いってみれば「大城孝蔵伝」の副産物で、その記事の殆ど総てを仲原が書いていた。

前澤末麿は「後記」で「熾烈なる探求心、飽くなき知識慾——これこそ冒険旅行者の生命を駆り立てる熱火であらう。多くの旅行者は、旅費や時日に恵れ結局幾分の遊山気分の裡に遂げられるを常とするが、本社社長の旅行は殆んど無銭旅行者の如く困苦欠乏を嘗め、しかも最も煩雑な仕事に携はりながら、あらゆる角度の視察を遂行する。此の点偉大なる旅行者、驚嘆す可き探検家と謂ふも敢て過言ではあるまい。誰がよく是れ程に深く比律賓を、否南洋を旅行したものがあらうか。洩れなく、そして巨細に見、紹介したものがあらうか」と書いているが、仲原の旅行、とりわけ比律賓の奥地行は確かに眼を見張るものがあった。一体何が、仲原をそこまで駆り立てたのであろうか。

その一つの解は、「ダバオ特輯号」の巻頭を飾った「南進論とダバオ」に見られるであろう。彼はそこで「南進論の声華やかなる近来の如きは前古未曾有である。過去の歴史を顧みて種々の主張をするまでもなく、日本の地理を熟視して立論するまでもなく、日本の内情は、今や将に南進を実行せざる可からざる時機に到着したやうである。言句の時代を経過して、行動の時が来たやうである」と歌い上げていたことから明らかなように、「南進」政策の実行者になることを志したことにあった。そして彼が他でもなく南洋を目指したのは「台湾・英領ボルネオ・比律賓特輯号」の巻頭を飾った「南洋に於ける移植民政策に就いて」の中で「今わが国は北支満州に多数の移民をなしつゝあるが、しかも尚力余りてか遠く南米の地にさへ大に移民を奨励しつゝある。而して南米の如きは貿易上何等得る処なきのみか、国防上に於ても益なき遠き世界である。反之南洋移民は貿易を繁栄に導き、国威を発揚し、相互の理解を深くし得る等多くの利益あり、その積極的奨励策を把る可きは今更論ずる迄もない」といった考えによっていたし、「彼林内閣当時声明されたる南進政策の為めに、却つて門戸閉鎖される結果となつたからと云つて、絶対沈黙を守る可しとするは必ずしも当を得てゐる議論とは云ひ難い。それは、日本が侵略主義国、好戦国民、植民地占領の意図あり等と誤解された結果であつて、この誤解を釈き、経済的提携の為めの堂々たる立言を為す政治家――ヒットラー的政治家出現すれば、門戸は大に開放される事必定である」といった信念から出ていた。

仲原が、南洋を跋渉した理由は、政府の「南進」策に業を煮やしたことにもあるだろうが、それだけではない。あと一つには石垣粂治記名になる「英領北ボルネオ遊記」で、「今、シャミール島には四百五十人の同胞在住し、漁夫は日々海上に活躍し、女工も亦男子と同じく頑丈な体格の女子のみで男子に負けじと工場に活動してゐる。／此の女工の中四十人は、私の郷里の出身なので仕事中をも構はず召集し、工場の庭前で私が一場の挨拶を述べ、彼女等を激励した」と書いてあるところからわかるように、南進の前線にいる「郷里の出身」者を激励したいがためであった。

南進への激情と、南洋にいるものたちの激励、これが仲原の車の両輪をなしていた。南進を旗印に掲げて仲原は、遙かにヒットラーを仰ぎ、現代日本における菅沼貞風になろうと心を燃やしたのである。

4『南洋情報南洋群島特輯号』

一九三九年（昭和十四年）十一月二十五日刊行された「南洋群島特輯号」も、「台湾・英領ボルネオ・比律賓特輯号」同様、その記事の殆ど凡てを仲原善徳が書いたように見える。仲原善徳記名になる「南洋群島の新地位」「南洋群島再遊記」「南洋群島と沖縄の関係」三本に仲原生記名で「ソンソール島」、一記者記名になる「南洋庁熱帯産業研究所を観る」、そして石垣条治記名の「恋のない国の話」「琉球の舞妓」二本の他「早わかり南洋群島」「植民地鳳梨経済」「南洋群島の産業」「南洋群島の貿易」等すべて無記名になっているが、一記者は勿論のこと、無記名記事も仲原が書いたに違いない。

仲原は、相変わらず南進の必要性を説くのに懸命であった。しかし、それは三六年そして三八年段階のそれと同じであったとは言い難い。仲原は「南洋群島の新地位」で、従前通り「南方政策又は南進政策なるものは、南方諸国の領土を侵略するものに非ず、経済的発展、共存共栄を計るものたる可きは勿論である」と述べているが、巻頭言の「南方政策の樹立実行期に際して」では次のように論じていた。

明治以来の先覚南進論者によつて、南方進出を叫ばれて以来、移植民、貿易栽培事業、海運、鉱業等に於て、邦人の南方進出は著しく発展飛躍を遂げた。しかしながら、それ等の事実は、単に比較的の事であるのみで、南方進出の必須的不可避的とする根本要因をなす処の人口問題の解決、国際情勢に相応して勢力を保持する為め等の策を行ふに至る迄には前途未だ甚だ遠しとせねばならない。寧ろこれから踏み出す段階にあると謂ふのが我国の所謂南方政策の現在であらう。

無限に増加する人口を移植し、国民生活必須の資源の獲得をなす等、南方進出の意義は多角多面であり、又時代の推移と共にその意義に変化を来たす事ある可きは勿論であるが、現在の如き南方発展の纔かなる活動を視て、南方政策の具現化などと称するは当を得たものと云ひ得ない。

いつの時代に南方政策が樹立され、誰に依つてそれが敢行されたか。日清戦争の結果台湾を得、欧州戦争の結果南洋群島を得、偶然の分配に預り得たのみで、台湾を得る為めの日清戦争、南洋群島を得るための欧州戦争ではなかつた。

吾等の所望し、又国家の要求するものは狭隘なる台湾、南洋群島の如き限られたる地域のみではない。より広き地域に渉日本民族の自由闊達なる活動範囲であり、南方政策はこの為めに樹立敢行さる可きで、吾々はそのパイロットであり、障害の除去者であり、推進者であらねばならぬ。

台湾の治績を讃え、南洋群島の現状を謳ふて南方政策の具現を誇る如きは井中の蛙の業であつて、台湾及び南洋群島は、単なる途上の一段階であり、政策は、此段階を強靭強化し、此段階の上に立つて四囲を展望し、そして樹てられ敢行される可きである。

仲原の「南方政策」に関する主張は、より先鋭になりつつあったことが窺われる巻頭言である。仲原の主張は、一九三六年段階では、漢那憲和が「我南進政策は全然平和的経済的発展を企図するものであつて、毫も侵略の意図を包蔵するものでない」と述べていたこととほぼ同位置にあったはずである。「南洋群島の新地位」でも、まだその言葉が見られないわけではないが、もはやそれは言葉の上だけのものであり、真意は「南方進出の意義は多角多面であり、又時代の推移と共にその意義に変化を来たす事ある可きは勿論である」といったところにあった。

矢野暢によれば、「日本が決定的に『南進』に踏み切ったのは、昭和十五年七月二十二日に第二次近衛内閣が成立した直後のことであった」という。その画期をなしたのが七月二十六日閣議決定された「基本国策要項」と翌二十七日大本営政府連絡会議で決定された「世界情勢の推移に伴う時局処理要綱」の二つであるというが、積極的な「南進策」の登場した背景には、従来海軍だけのものであった「南進論」が、ドイツの戦勝に刺激されるかたちで陸軍もこれまでの「北進論」から「南進論」に転換、南進を目指す路線へと移行していったことがあげられるという。そして、八月十五日、「日満支をその一環とする大東亜共栄圏」という言葉が、外務省担当記者団との記者会見の席上松岡外相によって発され、「大東亜共栄圏」という表現が定着していったという。

「巻頭言」は、「大東亜共栄圏」構想を先取りしたかたちのものになっていたといっていい。仲原は、「日本の運命は、隣邦諸国の好むと好まざるに拘はらず、南進せざる可からざるものだ。日本は人口が増加する、日本は資源が乏しい。いろいろの理由で、南方諸国に進出せざるを得ないのだ。汽船会社や事業会社が、多少国家の補助を受けて居るから、との理由で、其汽船会社や事業会社を英国政府が睨んで居るとか、和蘭政府が気にして居るとかで、先方の政府よりも寧ろ却つて大きく頭痛に病んで居る日本の役人が居るのである。しかしかやうな神経衰弱症的心配は、結局自然の法則とか、国家の運命とか、天下の形勢とか、或は、臨床的治療法とか些も研究考慮しない結果であつて馬鹿々々しい限りと云はねばならない。かやうな事を一々気に病むで居ては徳川以前の鎖国時代に返る外ないのである。何故ヒットラーは、他の独立国をも自分の領国の如く勇敢に振舞ひつつあるか。何故グン〳〵と一つの号令だけで諸方に進出しつつあるか、ヒットラーが、他国の神経許り尊重して居たならば、終に独逸の国勢回復は不可能に帰すであらう。／それで私等は、日本の南進政策のかけ声はかけ声だけでも意義があると思ふ。たゞかけ声だけで実行が伴はない事が残念と思ふのみである。その意味を以て、私らは、南方進出、南方政策の実現を常に速に促しつつあるのである」といったように、むしろ、先導の役割を担おうとしたのである。

仲原は「私の信念を述べておかねばならない」として、「南方進出、南方政策の実現」をと述べていたわけであるが、その実現にあたって、彼には心にかかる問題があった。それは、他でもなく沖縄の扱いをめぐる問題である。仲原は、「沖縄県人の南方発展は、単に客気やイデオロギーによるものでなく、必須的生活の要求に基くものであり、日本の南方進出は又国家生存上の必須的の要求に基くものだ」といい、「然るに台湾に於ては此沖縄移民は、冷酷なる劣等扱ひを受け、南洋群島の役人中、或は視察者中、沖縄移民を悪口し、非難するを以て一種の優越を感ずるものあるは甚だ不心得な人々と云はねばならない。もとより言語風俗が多少異り、教育程度の劣つて居るのは遺憾とす可き事であるが、これを以て排斥し、或は差別的待遇をなさんとする等は誤れるも亦甚だしいものでかやうな思考と感情の下に於ては、南洋諸国の多数の異民族に対して、文化的に君臨する事は到底不可能と私は思ふものである。台湾の移植民事業失敗の原因は、おそらくかやうな点に基因するであらうと私は常に思ふのである」と説いていた。

沖縄移民に対する悪口、非難は、何も台湾だけに見られるものであったわけではない。仲原が「南洋群島特輯号」で、あえて「南洋群島と沖縄の関係」という一編を書いたのは、「蔗作労働によつて、沖縄県人は、南洋群島に貢献する事大であつたが、又南洋群島に於ける漁業の今日の大をなして居るのも沖縄県人の力に負ふものが多い」といったように沖縄人の貢献度を誇りたいがためであったのでもなく、また「昭和十二年末庁管内内地人人口五八、九八〇人中沖縄県は三二、〇八二人を占め、約六割の比率を示して居る」といったように移住者の多さを誇示したいがためでもなかった。

初めて南洋群島を旅行する人は、同地に沖縄県人の甚だ多いのを見て奇異に感じ、必ず沖縄県人に就いての感想を洩らすのが常である。其感想は、人々によつて種々相異なるのであるが、大体に於て識見豊富で経綸を論じたり、社会からも天下国家に有用であると尊敬されて居る人々は、沖縄県人の活躍を大に賞賛し、感激し、天下の情勢も、社会の機構も、国家の構成にも全然無知な人間とか、婦人は必らず悪評を下すのが常であるようだ。

南洋庁に勤務して居る官吏の中に於てさへ、同地の沖縄県人に悪評を下すものが時偶にあり、視察旅行者の案内をしながら、全然白紙の旅行者に向つて、沖縄県人の欠点を指摘してそれを教へ自ら快とする者さへ往々ある。素養のない新聞記者等が、よくそれに禍されて、帰来新聞雑誌にそれを書き立てる。かやうな新聞記者は独自の見解も、観察力もなく、地理的教育も受けず歴史的素養もなかつたと見えるので、かうした間違を冒すに至るやうに思はれるのである。

一九二五年に刊行された古田中正彦の『椰子の蔭』を初め、一九四三年石川達三の『赤虫島日誌』まで、実に多くの南洋群島紀行が刊行されるが、そこには、さまざまな沖縄人像が刻まれていた。新聞、雑誌の記事を始め、沖縄人の後進性、非文明、非文化性を書き立てた南洋紀行を仲原は目にしていたはずである。仲原は、そのことに憤激し「偏見者の啓発」に向かったのである。「偖て、沖縄県人に対する非難は、いかなる点であるか。事細に述べ立てるのは、愚劣の事であると も思はれるが、偏見者を啓発し、誤解を解く為めに多少必要でもあると思ふ」として、まず「沖縄県人の言語と風俗が、多少異る為めに意志の疎通を欠き、従つて誤解を招く事が多い。大体に於て、沖縄県人は多くの弁解をしたり、宣伝欲のない特色がある。正直な人間であればある程沈黙の聖者然としてゐる。充分説明し弁解する事も出来ないので「分らねば仕方がない」と済まして居る」と沖縄人の性格に関する記述からはじめ、南洋群島における沖縄出身肉体労働者の多くがほとんど教育を受けてない連中であることからして、彼らの失策や欠点を上げて沖縄を推し量るのは滑稽であると釘をさすとともに「沖縄県人は、住民の六割以上の数を占めてゐる以上、犯罪者も、貧乏なるものも、風体のよろしくないものもその数に比例して多いのは当然である筈だ」と常識的な判断の必要性を説く。次に「仮へば、何れの人もサイパンに着くと、沖縄県人は小さな家に住んで居た。カナカよりも劣等な生活をしてゐた。カナカと共に労働して居たので面目がない。と、かやうな皮相愚劣な事を、一廉一見識あるやうに話したり、新聞雑誌に書いたりして居る」が、南洋群島の家屋は一般的に小さく、小さなトタン屋根に居住して居るのは何も沖縄県人だけではないと反駁し、再度念を押すかのように「カナカと共同で仕事してゐたとか、カナカより小さな家に住んでゐたとかと、愚劣な非難をなして恥ぢない。南洋群島に移住したるものの其多くは、旅費からぐ〳〵で行つて居る肉体労働者である。熱帯地の肉体労働者が労働をなすにお体裁をかまつて居て果して労働が出来るであらうか。比律賓群島に於て今日成功して居る栽培業者、貿易業者でも、当初は土人と伍して肉体労働をなした人々である」と強調し、「南洋に於ける日本人発展の歴史的変遷を知らない人々が、当初の印象を以て謬つた判断を下すから危険である。カナカと共同で生活するもの強ち沖縄県人のみでない」と論じた。

仲原は、南進を強調するとともに、沖縄人に対する偏見を払拭しようと懸命であった。仲原のそのような情念は、より強く彼の次のような体験に発していた。

近年になって、私は南洋諸国を度々旅行するので、自然到る処に於て同郷出身者と接触する機会が頻繁となり、南洋諸国に於て故郷の複写再製を見るやうな有様であつた。又私の所謂南進主義なるものは、自然これ等の故郷出身者と結び付いて考へる事がなければ到底、何等の意義を発見し得ないのみか、いや、日本帝国の南進政策そのものが、第一に此私等の故郷出身の労働者の群を無視しては、その遂行が極めて困難であるとまで信じて居るので、結局、日本帝国の南方伸展即沖縄の進出也との結論まで生んで居る故に、尚更、故郷と謂ふものとの断ち難い因縁をつく〴〵感ぜざるを得ないのである。

私の思念が、かうした結論を先にしたのでなく事実が先んじて私の思考にかうした結論を下して居る事は、多くの南洋諸島旅行者が肯く事が出来るであらう。

南洋旅行をしているうちに、仲原は「南方伸展即沖縄の進出」ということが自ずから体得されたというのである。それだけに、南進を強調しようとすればするほど、沖縄を説かざるを得なくなったということであろう。仲原は「故郷琉球を、否沖縄を今一度見直さねばならないと思ふやうになつた」という。「沖縄を勉強せねばならない。むづかしく云ふと、沖縄に対する認識を深めねばならないと考へた。認識などと云ふ言葉は妥当でないか知れないが、沖縄に関する理解を深くせねばならないと云ふ事になるであらう。／それは私の半身である貧しい無知と純真なる農民漁夫の故郷を弁護し、或は礼賛し、南方進出の勇敢なる移民拓士の勇気を鼓舞する上に於ても、私にとつては是非必要だからだ」という。

仲原が、これほど沖縄を積極的に語ったのはこれまでなかったのではないか。沖縄の出身者たちを訪ねるかたちになっていたこれまでの特集号記事にしても沖縄を語っていたといえないことはないが、それとは異なるかたちで沖縄に向き合いだしている。

私は、一面極めて沖縄的国粋主義者であるが一面極めて沖縄文化の異端者である。沖縄の舞踊に陶酔しながら、その音楽を好まない。ある場合は、その音楽に魅惑されながらその衰亡を願望して止まない。私が沖縄音楽に夢幻的に魅了されてゐる間は、阿片溺愛者が阿片による恍惚を感じてゐる瞬時と等しいものであらう。

ピアノの音に跳躍的快感を感じる時は、健康な肉体の者が春の野に舞踊してゐるに似て居る。私は、パラオで、沖縄の古い俳優伊良波老がなしつゝあつた一つの発明を見て驚いた。

即ち、従来の沖縄の舞踊は、各個人〳〵の独立的舞踊が主なる型となつて居るのをこゝでは団体的に、互に調和と関連とに配意し、舞台的に大衆の観覧に叶ふ様に、或は沖縄的の狭い城塞より抜け出し、座敷より抜け出し、一層進歩的な舞台へ、一層一般的世界的の空気の中へ、一層普遍的な世界へ、彼優の言葉を借りて云へば内地化した方向へ、旧套を脱し、古い法被を脱ぎ捨て、古い息吹を遠ざかつて行くやうで、此進歩の過程を頗る興味深く見たのである。

これは、パラオと云ふ街の、東京と沖縄即ち日本に於ける文化の中心と、文化の末端との衝突地点に於て、当初は互に相反発してゐたものが、慣習的な久しい摩擦の間に終にある融和点を見出し、一つの発明となつて音楽舞踊の混血的新現象が生じつゝあるのであつた。

だからパラオの街に於ては沖縄的の特異性は多く次第に消え滅びつゝある。しかし、沖縄的特異性を全然無視する事は、その社会のいかなる処に於ても不可能である。何となればそれ程多く沖縄県人が多く、沖縄県人の開拓者としての功労があらゆる処に刻まれて居るからだ。

仲原は「南洋群島再遊記」の中の「パラオ」の項で、右のように書いていた。パラオは、「アラフラ景気」に湧き、「新興気分」が横溢していた。仲原は、そこで「沖縄人の経営する料理店」に案内されるが、こちらで沖縄の三味線が鳴るかと思うと、あちらで内地の三味線が鳴るというふうで、「音楽が自然的に調和の道を辿りつつある」という印象をうける。

仲原の、「沖縄的国粋主義者」云々の言葉は、その後に続いているものである。

仲原のいう「沖縄的国粋主義者」とは、もはや多弁を弄するまでもないであろうが、「此琉球人が、否沖縄人が、沖縄県人が日本帝国南方コースの先々に普く分布され、その行手のパイロット的役目を負ふて活躍し、国家に多大の寄与貢献をなして居るに拘はらず、何故にその功績を表彰される代りに、度々非難され悪口を浴び、肩身狭く生き、時として転籍改名までも余儀なくせねばならないか」という問いを烈しく問い、その「偏見の啓発」に懸命なる者をさしていたといってていいだろう。

仲原は「沖縄的国粋主義者」ではあるが、「沖縄文化の異端者」であるという。舞踊はいいが音楽は好きでないという。舞踊と音楽は一体であるといっていいが、それを何故あえて「音楽を好まない」といったのだろうか。それは、旅行記等に災いされていたといえないこともない。例えば、「沖縄の移住者たちの多くは郷里の島を出てから、鰹船に乗つて働いたり、九州の炭坑で稼いだりした揚句、嚢中ほとんど何の貯へもなしに千哩の海をわたつて南洋へ行くのであつた。稼いだ金は郷里へ送金して、自分ははげしい窮乏をものともせずに、財産と言つてはただ一提の蛇味線ばかりだが、これだけはどんな時にも手放さないで、放浪の幾年を堪へて行くのだといふ。時に泡盛を飲み、蛇皮線にあはせて猥雑な歌をうたふ、それだけのささやかな喜びに満足して、異郷に根強くも生きて行くのだ」（石川達三「航海日誌」『赤虫島日誌』所収）といった南洋紀行がやがて現れてくるが、そのような話は、初期の移民時代から語り継がれていたであろう。仲原も「蛇皮線にあはせて猥雑な歌」が歌われているといったような話は聞いたことがあったであろうし、料理屋等で実際に体験もしていたはずである。

仲原は、伊良波の振り付けに驚いていた。伊良波が勝れた歌劇の作者であり、名優であることは知られていたはずである。仲原が、その発明に驚いたとして語っている団体で踊られた踊りが何であったか記されてないが、仲原がそこで語りたかったのは、「内地化」であったといっていいだろう。「沖縄的国粋主義者」の志向したものが「内地化」であったことは、決して不思議な事でも何でもない。仲原の中にあったのは、他でもなく「日本帝国の膨張発展」であった。沖縄人移民に対する悪口雑言に異議を唱え続けてきたのは、それが帝国の南進策を阻害する恐れがあるということによっていた。彼の沖縄をもっと知りたい、もっと勉強したいという思いは「貧しい無知と純真なる農民漁夫の故郷を弁護し、或は礼賛し、南方進出の勇敢なる移民拓士の勇気を鼓舞する」ために必要だというところから出ていた。

「南洋群島特集号」のあと、「南洋情報」は、特集号を組めたであろうか。

仲原は「編集後記」で、「事変影響により手不足を来たし極めて不自由の間に此特別号の原稿を書き上げた。さて原稿は出来たものゝ、編集者が病気になる、印刷所はつかへて居る。紙は欠乏してゐる等と云ふ体たらくで、全く予期に反して大々的の遅刊をなした事を詫びねばならない」と書いていた処からして、様々な面でもはや「特集号」発行は不可能になっていたのではなかろうか。時事に触れることなく、南方紹介の記事だけの掲載では採算がとれる見込みが立たなくなっていたといったこともあろうが、これまでの特集号で、ほぼ大切な地域は取り上げていたはずである。新味を加えるためには、あらたな南進地を取り上げる必要があったに違いないが、新しい地を旅することはもはや難しい時代になっていたであろうし、「南進」に関しても「沖縄」に関しても、云うべき事はほぼ言い尽くしていたのではないかと考えられることからしても、『南洋情報』の特別号は、「南洋群島特輯号」で最後になったと考えていいだろう。

II 『月刊文化沖縄』とその時代

1　『月刊文化沖縄』の創刊

高見順は、『昭和文学盛衰史』（「第二十三章　芥川賞海を渡る」）の中で、辻平一の『文芸記者三十年』に触れ、辻が「十五年夏のあるエピソードを――あの時代というものを実によく伝えるところの、ひとつのエピソードを書いている」といい、「貴重な資料」なので「再録しておきたい」として、その紹介をしていた。

高見はそこで、「昭和十五年夏、陸軍報道部から『サンデー毎日』の編集責任者に至急出頭しろ、という電話」があって、編集長と共に出かけた辻が、その時のことを書いた文章を「貴重な資料として」紹介しているのであるが、それは『サンデー毎日』の表紙画に横やりが入ったことをめぐってのものであった。

編集長と辻を呼び出した陸軍報道部のS少佐は、頭にものを乗せて歩いている「大原女」の画や、「赤い模様のある風呂敷のようなもので、頭髪をつつみ、あごの下で結んでいる」画が表紙を飾っている雑誌を二人に突きつけ、「こんなダジャクな、日本古来にないものを、どうして表紙画として使うのだ」といい、「表紙はどの号も、女の顔ばかりじゃないか。こんなものは前線の将兵に送れない。兵隊の士気がゆるむばかりだ」と文句をつけ、「お前たちの頭はどうしてきりかえられないのか」と、叱咤したという。

辻は、そのあとで大竹編集長が「お前たちは、といいよったなあ」と、ぽつんともらしたのに「いかにもきもにすえかねているらしい」様子がうかがわれた、と書いているそうだが、高見は、辻のその言葉に続けて、

だが、それから「急角度で、表紙の画も写真もかわった。」従来は女優の顔が毎号の表紙だったが、「これが姿を消すと、桃太郎人形だったり、赤ん坊の笑顔だったり、敵前上陸の表紙になった。」当時、毎号第一週の号は岩田専太郎が表紙画を描くことになっていたが、九月第一週号の画は「防空ズキンをかぶり、モンペをはきバケツを持って、防火担当者と書いたたすきをかけている」防空演習の女の画になっていた。

とまとめていた。

「大原女」の画を「頭にものをのせて歩く。これは朝鮮の風俗だ。日本には古来から、こんな風習はない」と決めつけたり、昭和十五年八月四日号の岩田専太郎の表紙画を「これも外国の風習だ。こんなダジャクな、日本古来にないものを、どうして表紙画として使うのだ」と突きつける、陸軍報道部S少佐の無知と横暴極まりない振る舞いには、編集長ならずとも腹に据えかねるもの

があったに違いないが、彼等が絶大な権力をふるったのは、九月第一週号から岩田専太郎の表紙画が変わっただけでなく「急角度で、表紙の画も写真もかわった」ということに現れていよう。

昭和十五年の夏に起こった、そのような『サンデー毎日』表紙画事件とでもいっていい出来事とほぼ時を同じくして、「琉球の姫」と題した「女の顔」を表紙画にした雑誌『月刊文化沖縄』が創刊される。

昭和十五年八月十五日発行された『月刊文化沖縄』の創刊号は、次のような目次になっていた。

月刊文化沖縄八月創刊号目次

特集グラビヤ琉球の夏

夏薫る

南国の花

カメラ今井小四郎

曲田益雄

随想　郷土と映画　北川鉄夫

初夏の故郷へ　伊波南哲

沖縄語彙　馬天居士

琉球舞踊＝日劇「八重山群島」を見る　内田岐三雄
琉球王国「御法条」より
東北方言の調査を終りて　宮良当壮
琉球歴史読本第一章天孫子時代　石川文一
琉球と鹿児島　N・O・N
あの頃を語る琉球の佐倉宗五郎　大城朝貞
読切時代小説　復讐　石川文一　絵金城安太郎
蛙鳴蝉噪　本山裕児
文化沖縄抄・編集後記
表紙　琉球の姫　金城安太郎

『月刊文化沖縄』の編集兼発行人は本山豊。創刊時の同人は、本山裕児、石川文一、金城安太郎の三人。同雑誌の発行は、幸運に恵まれていた、と言えるかもしれない。それは、まず、『サンデー毎日』表紙画事件といったようなことが起こっていた時期、「琉球美人を描かしてはその右に出るものない第一人者」（創刊号「編集の弁」本山）である、同人金城安太郎の美人画で表紙を飾ることができたことにあるが、何よりも、あと数日、雑誌の刊行認可申請が遅れていたら、雑誌の刊行そのものが不可能になっていたであろうからである。

九月十五日発行第一巻・第二号の「編集の弁」は、七月二十日に書かれているが、そこで「出版の届出を終つて一週間も経たないうちに、内務省から全国の地方長官宛に公文が来たらしい。六月三十日の大毎の朝刊本紙にも三段抜きで出てゐたが『新聞雑誌の新刊行は今後は一切不許可』と云ふ事になつたらしい」と本山が記しているからである。この滑り込みセーフ的な事態を幸運だと思ったのは本山本人であったであろうが、彼は続けて「月刊雑誌の一つも持たない本県では、この種の雑誌一つ位はと自負しておる次第である。先取特権を得た以上、充分自重して沖縄文化の為め粉骨砕身、損得の問題は暫く措くとして、各方面の要望に応えるため、御期待に背かない努力を払う決心だ」と、その決意の程を披瀝していた。

本山は、またそこで「創刊号を出してみてまだ〱と思つた」といい、「手を付ける時には、あれも斯う、あゝもしてみたいと思つてゐたが、扨て、出来てみると、いやはや何うも思つた千分の一もやり得なかつた。が、同人三人の熱意は買つて欲しい」と、創刊号についての反省の弁を記していた。

本山は、何を「まだ〱だと思つた」のだろうか。また、やってみたいと思っていながら「千分の一もやり得なかった」というが、何をやり得なかったのだろうか。

創刊号の特徴は、二点に絞られる。第一点は、歴史や言語といった学問的な分野に関する論考を掲載しているところにある。そしてそれらは「琉球史研究資料　琉球と鹿児島」に見られる「とにも角にも慶長役前に於ける幕府及び薩州との来聘及び交通はありけり」といった指摘や「沖縄語彙」に見られる「吾々が日常使つてをる言葉で新らしい言葉のやうに見えて、意外にも古代からの言葉であることがある。又沖縄の方言で古代東国語に全然一致し、或は類似するものが少くない」といった論述からわかるように、日本との連続性を強調したところに特質があった。

第二点は、映画や演劇といった芸能分野に関する批評、紹介を掲載している点である。

それは、巻頭に置かれた北川鉄夫の「郷土の映画」を上げるだけで充分だろう。第二点の特徴は、娯楽記事の掲載といった点にあるが、北川の「郷土の映画」には、特徴の第一点としてあげた論考にはみられないかたちで沖縄が論じられていた。

北川はそこで、次のように書いている。

私は琉球の地を親しく踏んだことがない。しかし物の書に見る琉球は文化的には遅れた土地ではあらうが、それはそれなりに立派な存在をもつてゐる。

さうした存在意義を文化映画にしてみたいものだとひそかに私は考へてゐるのだが、さて琉球といふと直ぐ人の頭に来るのはたゞ表面だけの異つた風土、珍しい風俗なのだから大変佗しい。

勿論琉球の風土、習慣は内地とは異つてゐるに違ひない。そしてこんな珍らしい土地や風俗があるといふことの紹介だけでも無意義には違ひない。しかしそれでもたかぐ〵観光映画に過ぎない。

いま日本が求めてゐる文化映画の主題はこうした珍奇さだけを狙つたものではなく、その珍しさが実は人類の発展史に於いて或る時代の正常な型であることを示すやうな、換言すれば珍奇さの根源である科学的な精髄をはつきりと一貫して示す文化映画なのである。

琉球古来の歌謡なり舞踊なりの歴史、それは一つの人類の音楽史の一齣であらうし、舞踊史なり演劇史なりの一縮図であるに違ひない。

さういふ風に琉球が描かれたとき、一琉球の特色が世界的な地位におしあげられる。

北川は、琉球が「内地」とその風土や習慣を異にしているばかりか「文化的には遅れた土地」であるとしながら「それなりに立派な存在をもつてゐる」という。そのような言は北川以前からありあまるほどに見られるもので特別なものではないが、北川はその「存在意義」を、「異つた風土、珍しい風俗」を取り上げただけの珍奇さをねらった「観光映画」とは異なる「文化映画」にしてみたいといい、「文化映画」とは何かと説くなかで、琉球独自の歌謡や舞踊も、世界の音楽史や芸能史の「一齣」であり「一縮図」であるとし、その過程を照らし出すような映画ができれば、琉球を「世界的な地位におしあげられる」とした。

北川の論は、「内地」とのつながりを説くだけの論調よりスケールの大きなもので、ある一面では、沖縄文化を世界的なものへという、大きな夢の実現をうながすものでもあった。そしてそれはまた、本山の夢でもあったであろうし、その実現のための第一歩として「文化沖縄」の発刊が企画されたと考えられないわけでもない。

2　文芸運動の推進

創刊号は、まさしく沖縄そして沖縄文化をめぐる考え方を指し示そうとした編集になっていた。その点に関しては、満足のいくものになっていたといっていいだろうが、本山が、「まだ〴〵だと思つた」といい、「千分の一もやり得なかつた」といい、決して満足してないのは、あと一つ、彼には力を入れたいものがあったからである。

「蛙鳴蟬噪」は、本山が書いたものである。彼はそこで「文芸運動の社会的使命、文化運動の原動力をわれらは飽迄、青年の中に見出すのである。又若くして働く人々の中に見出さんとするものである。／文芸は、たゞ単に娯楽物ではないのだ。多淫にして官能的な有閑マダムやニキビ面の遊民の御用となることを潔としない。／我等の文芸は、文化の指針となり、ニュー・ヤング・オキナワの建設の同志への伝書鳩となるべく勉めるのだ。／今日即刻、物心一如となり、目的の遂行に向つて邁進する」といい、「大衆踊らずと雖、吾等は踊るまで笛を吹き続ける。いかな妨害、いかな威圧、いかな陰口を浴びるとも、恬然として吾等は笛を吹き鳴らすであらう」と宣言しているように、彼には「文芸運動」の推進という夢があった。しかし現実は「いつたい沖縄の文壇と言ふたら大袈裟だが、何日になつたら水準にまで漕ぎつけるだろう？　作家がいないのか、書く人の努力が足りないの？。それともジャーナリズムの無能？／恐らく後者の保守的な思想が然らしめてゐるだらう」と嘆かざるを得ないような状況であった。

『月刊文化沖縄』は、「保守的な思想」への対抗策として、「文化運動」と「文芸運動」の推進を目指したのである。そして、前者に関しては、確かな手応えのあるものを揃えることができたが、後者に関しては、唯一同人の石川文一が健筆をふるい、それでどうにか形を整えることができたという程度でしかなかった。そのことが、不満の多い反省の弁となってあらわれたといえる。編集者の文芸に対する欲求が強ければ強いほど、「文芸運動」に対する厳しさが増すのは当然で、第二号では、その不満が爆発したかに見える。

沖縄文化映画研究会で『沖縄の姿』の映画原作小説を募集した。しかも本県では嘗つて無い莫大な賞金をかけて。日頃は新聞の文芸欄を賑し、相当の青年群が摯々として文学への険しい道を歩いてゐる。それに、又、沖縄の文化を真実に擁護する為めに悲憤慷慨の熱を挙げて憂ひ、新たなる感傷に胸をつまらせてゐるのに――豈にはからんや、こう云ふ好機会に遭遇しながら、集つた作品は実に貧弱で、無気力なことに到つては、いやはや言語同断である。果して誰の罪か……？

愛県的口吻は只だ口先許り……？　いささか義憤を感ぜざるを得ない。

本山は「蛙鳴蝉噪」で、そのように弁じていた。

「蛙鳴蝉噪」は時評欄で、創刊号に続いて、第二号も、文芸活動の不振を取り上げていたが、本山を嘆かせた「沖縄の姿」原作小説の募集経緯は、第三号に「映画小説『沖縄の姿』審査発表座談会」として掲載される。

座談会への出席者は山城正忠（文芸家）、島袋源一郎（郷土博物館主事）、諸見里朝清（図書館長）、志喜屋孝信（郷土協会長）、渡久地政憑（沖縄日報主事）、仲泊良夫（琉球新報記者）、與儀清三（沖縄朝日新聞記者）、馬上太郎（旭館主）の八名。「沖縄の姿」の原作小説は、旭館主の馬上が募集したもので、馬上はそこで「審査決定に先んじて」として、「東宝映画会社としましては、必ず国策に添ふ為国民精神の昂揚なり、或は又、東亜共栄圏の発展に資す可く孜々としてこれ相つとめる沖縄県民活躍の姿を映画に、それも、三千米内外と云ふ大物に撮り度い意志を有してゐるものと思ふのであります。それには先づ沖縄県民が、古来より今日に到る迄に築き上げてきたる文化発展の過程と、更に又、将来発展してゆかんとするその方向を示唆したものでありますれば、東宝に於きましても、喜んでこれが映画化をおひきうけ致す事と思ひます。つまり、こう云つた主旨の下に集まつた原稿を審査せられん事をお願ひ致す次第であります」と挨拶していた。

出席者たちの発言が、その後に続くが、集まった作品に対する評価は、一様に低かった。馬上が「結論」を求めたのに対し、島袋が「集まつたものをコンデンスして、良いのを書いておく事にしては」と提案したところ、馬上は「それでは私が良いように案をたて適当な人へ書かせる事」にするので、皆さんは「顧問と云ふ事」でお願いしたいと申し出ていた。

座談会が開かれたのは九月七日。出席者名に本山の名前はないが、彼は、集まった原稿を、座談会に参加した人たちより先に目を通していたに違いない。そうでなければ、八月三十日納本になっている第二号に、「沖縄の姿」を撮るための原作募集にさいして「集つた作品は実に貧弱で、無気力なことに到つては、いやはや言語道断である」といった評は書けなかったはずだからである。

馬上が「沖縄の姿」の原作募集で求めたものを、本山もまた「文化沖縄」の文芸欄に求めたのではなかろうか。本山が、応募作品の「貧弱」「無気力」を嘆いたのは、「国策」と軌を一にした「国民精神の昂揚」を歌った作品が見られなかったことによると思われるからである。彼は、第二号に「読切小説　二つの世界」を発表しているが、それは彼が作品に何を求めていたかを語るものとなっていた。

作品は、南京入城前に十字砲火を浴びて負傷、帰休除隊兵として生活戦場に勇躍しようと松葉杖をついて職場訪問に出た男と、兄が出征し、母と二人で「銃後の護りを固めてゐる」女との出会いから始まり、二人の思いの交錯していく姿を描いているが、そこには「妾達の貧しい消極的な日常生活も、ひたすらに国策の指示に従はねばならなかつた。それはたやすく物資の統制も、輸入の制限も妾達にとつては、何の苦痛でも無かつた。それが国民として当然の義務であるのだ」といった叙述が見られるように、まるごと「国策」の宣伝を請け負ったと言っていいような作品であった。

本山は、「国策文芸」が出ないことに業を煮やしたのである。しかし、だからといって、雑誌を全編これすべて「国策」の旗を振りかざしたものにしようとしたわけでもない。表紙を美人画で飾ることを捨ててないし、何よりも遊女の恋を扱った平敷屋朝敏の擬古文『苔の下』を、島袋全発の注で掲載していた。

3 「新体制」の推進

雑誌が「国策」の推進という旗と、「沖縄文化」の固守、開明という旗とをかかげて編集されたであろうことは、第一巻第二号の巻頭を飾った次の文章によく現れている。

沖縄人は真の沖縄人たる矜持こそ、真の日本民族たることの誇を持つことになると信じられる。言語や習俗の異にした社会へ、直ちに新開地的な軽薄な直輸入の文化を移入せんとするものこそ、文化破壊の自由主義的危険分子でなくて何である?。われ〳〵は一切を犠牲にしてもその危機を切抜け今日まで保持してきた沖縄文化の牙城を死守すべきである。

この観点から、われ〳〵はもつと〳〵沖縄の社会情勢を熟察し、実際的生活に於ける慣行、習俗、信仰、芸術を充分に社会に闡明し、守るべきものと発展せしむべきものを研究区別して、排除すべきもの、防止すべきものを認知することが目下の急務であり、われわれはその危機に逢着してゐるのである。

再び言ふ――学問的な文化協力に依つて、今日迄の誤解を是正し、ニュー、ヤング、オキナワの再建設に県民一体となり、歴史、習俗、言語、信仰、芸術、を相互に理解させ、尊重する度を深く掘り下げて、一般社会人に自然的に理解させるべき目的の下に、勇敢に立上り確固たる精神を以つてその道へ邁進すべきである。

たゞ、徒らに現社会の汚濁と不純に絶望の声を上げ、自からを軽蔑卑下するのみが、郷土を愛する文化人の態度ではない。幾十年経つてもこの沖縄は、往昔の沖縄と何等変ることなく、文化の生育は到底望まれまい。

心ある県民よ！

郷土を理解する人々よ！

ヤング、オキナワよ！

今日即刻、物心一如となり、目的に向つて邁進しやうではないか。然して、郷土を愛するものこそ本当に、文化人であることを理解させやうではないか……？

杜聖林雄は「沖縄の文化」で、そのように論じていた。先ず、沖縄人であるという誇りを、というのである。そして、そのことが「真の日本民族たることの誇を持つことになる」というのである。

何を主張するにしても、まず沖縄から、という形がここには見られた。それを啓蒙と呼ぶとすれば、「文化沖縄」の発刊は、沖縄の啓蒙を目指したものであったといってもいいであろう。

『月刊文化沖縄』の表紙画「琉球の姫」が、第一巻第四号から「農村乙女」に変わる。それは、本山が第一巻第三号の「蛙鳴蝉噪」で「週刊朝日、サンデー毎日、等々の雑誌の表紙から女性（特に女優）の写真が消えたのが最近特に目につく。此処にも矢張り『新体制』の露はれであらう」と書いていたことと関係があるかに見えるが、第一巻第四号の「蛙鳴蝉噪」では「日にち毎月社会の情勢が刻々と変り、日、独、伊、同盟成り革新の黎明の機運が活発且つ真摯な活動を初め、日本国家の全機構と全能力が今や旧体制から蝉脱して、新政治体制の準備時代を終り、新日本の黎明期の第一歩をスタートした」と、時代が大きく動き出したことを喧伝していた。

第一巻第三号の「蛙鳴蝉噪」で、いち早く本山は「新体制」という言葉を用いていたが、第一巻第四号から、その言葉が目立ってくる。「文化沖縄抄」は、案内板、告知版のようなもので第一巻第三号のそれは、「南島の舞姫日劇出演」「日伯文化座談会」「文化座談会」「反英県民大会」「海軍爆撃隊上演」「科学映画シナリオ募集」「沖縄の姿審査結果発表」といったのが取り上げられていたが、そこには「新体制」なる文字はみられない。第四号になると「新体制座談会」「淵上県知事新体制講演」といったように、「新体制」なる文字が現れ、第一巻第五号の「文化沖縄抄」には、「新体制講演会」の見出しで、那覇市第十二回市民講座として、来県中である大政翼賛会国民生活指導部部員蘆澤硯純が「新体制と臣道実践」の演題で、四時間に渡り熱弁をふるい聴衆を熱狂させたという記事が見られる。

「新体制」という言葉が、時代の合言葉として唱えられるようになったことがそこから窺われるが、第一巻第五号の「蛙鳴蝉噪」で、本山は、

『新体制とは……？』

ついちかごろまで方々で『新体制研究会』やれ『新体制座談会』〃〃〃等々が頻りと催されてゐたやうだが、それと云つてその新体制に就いての判り易すい具体的な解釈が少なく、一般の人々にどうもピンとこないやうだつた。

容易ならぬ日本国家の再出発、再編成の過渡期に遭遇してゐる今日に、奇妙奇天烈な自分勝手な解釈が出現して、忘却した旧体制にも何うかと思はれるやうな、言葉や行動を成す人物が飛び出して来た。それに臆面もなく…やれ何々等々〃〃〃の叫びを聴いては何うも鼻もちならぬ感がする。

新体制運動の深刻にして、且つ重大な意義に徹し得ない事を痛感せざるを得ない。

さア！大政翼賛会支部委員の任命発表もみた。愈よこれからがみものだ。

と論じていた。

近衛が、新体制準備会を発足させたのは、昭和十四年八月。「これは、閣僚、議会人はもちろ

ん、官僚、ジャーナリスト、学者、革新右翼、観念右翼や財界人などまでも取り込んだ文字どおり呉越同舟の組織であった。近衛によれば、新体制とは、およそ次のようなものである。すなわち、日本が世界情勢に即応しつつ、中国における戦争を完遂し、進んで世界新秩序の建設のうえに指導的役割を果たすために、高度国防国家体制を整備しなければならない。そのためには、強力な国内体制が必要であるが、その基底として、万民翼賛の国家国民の総力を結集する国民組織が確立されなければならない。経済および文化の各領域において、あらゆる部門がそれぞれ縦に組織化され、さらに各種組織を横に結んで統合する全国的な組織が必要である。かくして、下意上達、上意下達、国民の総力が政治のうえに結集されるというのである。したがってこの運動は、高度の政治性をもつけれども、政党運動ではない。国民を結集し、自由主義を前提とする分立的政党政治を克服しようとするものである。同時にそれは一国一党の形をとるものであってはならない。ドイツのナチスのような一国一党の体制は、国家と党を同一視し、党への反逆を国家への反逆とみなすが、これは一君万民のわが国体を乱すものであるというのであった」と中村隆英は『昭和史1 一九二六〜四五』で要約している。中村は、そこでこの「新体制」に関する原文は、矢部貞治が書いたものであるといい、それは「何度読んでみても、わかったようでわからないが、当時の雰囲気だけはよく伝えられている」と指摘していた。

「新体制」というものが、どういうものか「一般の人々にどうもピンとこないやうだった」にしろ、また「わかったようでわからない」ものであったにせよ、その「雰囲気」が、時代を席巻しはじめていたことは、第一巻第四号以降の『文化沖縄』を見るだけでよくわかる。

第一巻第四号「編集の弁」は「多事多端、今や国家は全力を挙げて『新体制』に向つて、国民の生活全体、さらにあらゆる部門が活発な運動を開始した。吾々も文化部門の一員として、自己の使命を通じて、より良くまたより多く文化的使命をそして理念を貫徹させていたゞく役割を分ち担ひ度いと心から念じて小さいながら、時流に敏感に真剣努力を以つて、新体制に適応した方針へ殺到してゐる積りで、努め度いと念じてゐるから、相変らず御教導御鞭撻の程を偏へに御願ひする次第である」と書いていたし、また県でも、大政翼賛会支部を結成し、支部常務委員を発表しているが、それもその「雰囲気」に後押しされてのものであったであろう。そして、もっと直接的なかたちでは「特に本誌も国策に即応するため、新体制に処する意味から、先月十一月号より深く自省自粛して、国策に則り商工省規定の新体制規格B５型（182mm×257mm）を採用することにした」と書いているところに現れている。雑誌の体裁すら変えざるを得ないまでに「新体制」の影が、社会全般を覆うようになっていたのである。

4 大政翼賛運動の推進

昭和十六年は、第二巻の一月、二月合併号から始まるが、そこにはこれまで記載されることのなかった「皇紀」年号が記されるとともに、巻頭言が現れる。一月・二月合併号、第二巻第一号のそれは「迎春之辞」の題で、「茲に聖戦下第五年の皇紀二千六百一年新春を迎へ、謹んで戦線皇軍将士の武運愈々長久ならんことを祈願する。／併せて銃後国民各位に迎春の辞を申述べると共に、新体制下に世界新秩序の建設に入るに当つて、国民の双肩にかゝる責任の重且つ大なるを思ひ、各位の御自愛を切望して止まぬ。本誌関係者一同も時局の重大性を洞察し、肇国の大精神に立脚して、一君万民忠孝一本の皇国々体の精華を、大いに顕現し、愛読者諸兄姉の御期待に副ふべく粉骨砕身を誓ふ」と始めていた。第二巻第二号、三月号は「新なる闡明」の題で、「地方文化の振興急務が叫ばれる。新体制政治下の翼賛運動に重要な役割を帯ぶるからである」と始め、第二巻第三号、四月号は「一、臣道の実践に挺身す　二、大東亜共栄圏の建設に協力す　三、翼賛政治体制の建設に協力す　四、翼賛経済体制の建設に協力す　五、文化新体制の建設に協力す　六、生活新体制の建設に協力す」とうたった「大政翼賛会実践要項抜粋」を掲載する。

大政翼賛会は「昭和十五年十月、第二次近衛内閣の下で新体制運動を推進するために組織された国民統制組織」だとされるが、『文化沖縄』第二巻第三号の巻頭言を飾った「実践要項」は、その発足にあたって提唱されたものであった。

大政翼賛会は総務局、組織局、制作局、企画局、議会局の五局からなり、その中で「翼賛文化運動――文化機構の再編成およびその指導」にあたったのが企画局の中にあった文化部である。「翼賛文化運動」は、綱領に「自由主義文化、個人主義文化を払拭し高度国防国家日本の国民文化を創造し育成すること」を掲げ、「文化部」は、その目標達成のために幾つかの「事業方針を立案」しているが、そのことについて、櫻本富雄は『日本文学報国会　大東亜戦争下の文学者たち』で、

文化部は、この目標達成のためには全知識層を翼賛運動に動員し日本文化機構、文化部門別の職域組織を整備しなければならないと考え、つぎのような事業方針を立案した。

一、地方文化運動の全国的展開

二、部門別文化団体の中央組織確立

三、文化活動を通ずる国民運動への協力および必要な出版物刊行

一つの目的は、地方・中央の区別なく文化の機会均等をはかり地方在住の文化人運動団体の結集とその育成をすることであった。具体的には、戦時農村指導者講習会、文化推進地区の設

定などの事業を実施した。道府県、郡市区町村を単位とする文化団体を結成し地方文化協議会を開催した。

と、述べている。

大政翼賛会文化部の運動方針は、徹底貫徹されたようにみえる。とりわけ「地方在住の文化人運動団体の結集」に関しては、そういえる。第二巻第五号、六月号は、「県下芸術団体を統合沖縄地方文化連盟結成新文化建設に県翼賛会と協力」の見出しで、次のような報告をしていた。

大政翼賛運動の文化運動に協力すべく県内各種芸術団体を統合し以つて本県文化運動に伴ふ県民生活の特殊性の改善促進を計り、地方文化の建設を目指す文化連盟を創立すべく、第一回準備会を五月十六日午後八時から那覇市東町大門倶楽部で開催された。本県芸術界関係の島袋全発（短歌）世禮国男（琉球音楽）渡口政興（演劇）嘉数能愛（美術）本山裕児（映画）仲村渠（詩）池宮城秀意（文芸）名渡山愛順（美術）國吉真哲（文芸）欠席者（山城正忠、比嘉景常、備瀬知範、仲泊良夫、崎山嗣英、喜久山添菜、宮城出塁、親泊康永）の諸氏出席し、会の名称、組織、事業、規約その他に就て協議を行つた結果、文芸、短歌、俳句、美術、音楽、演劇、映画、各団体を単位として沖縄地方文化連盟を結成することゝし、文化新体制を確立すると共に翼賛支部と連絡をとり、文化翼賛へ邁進することゝなつた。文化連盟は講演会、展覧会、演奏会、鑑賞会等文化各般に関する事業を行ひ従来、末梢的都市文化に患ひされた地方文化の再建を期してゐる連盟は文学、美術、演劇、映画、生活調査の五部門に分れるが各部の範囲所属団体は次の通りである。

△文学部（文芸、詩、短歌、俳句）―文芸協会、短歌協会、琉球ホトトギス会
△美術部（美術工芸）―丹青協会
△音楽部（音楽、教育音楽、舞踊）―琉球音楽会、教育音楽協会
△演劇、映画部（演劇課、映画課）―演劇協会、映画研究会

なほ連盟の最高機関として各部より選出された若干名の委員をもつて委員会を組織し、連盟の運営各部の企画を検討することになつた。創立総会は六月中旬行はれる。

東京から遠く離れているだけでなく、低迷し、笛吹けど踊らずと、長嘆息されていたのが嘘かと思われるほどの対応ぶりである。

文学部、美術部、音楽部、演劇、映画部の四部からなる「沖縄地方文化連盟」は、創立総会を「六月中旬」に開催すると宣言、その前に「各部の企画を検討」するとしていた。そして、十月二十六日には「演劇ヲ通ジテ国民文化ノ昂揚及標準語奨励ニ協力スル」することを「目的及事業」

にして「沖縄移動演劇会」を創設、十二月には「沖縄文芸作家協会」が結成された。

第二巻第十一号、十二月号は、「沖縄文芸作家協会結成」として「十二月二十七日沖縄文芸作家協会が結成された。本協会は本県に於ける文芸運動の不振を打開せんとするもので、会員は文芸作品(小説、戯曲)に実績あるものに限り、本会の目的は国民文学の昂揚、地方文学の確立、著作権擁護、沖縄演劇改善の為め良き脚本の提供にあり、事務所を那覇市久米町一ノ三本山方に置く、協会員左の如し」として、山城正忠、上間朝久、山里永吉、本山裕児、石川文一、玉城尚秀、江島寂潮、新垣美登子、伊波普哲、冬田志津夫の名前が「順序不同」で並んでいる。

山城以下当時の錚々たる文芸家を集めた「沖縄文芸作家協会」の事務所が「本山方」に置かれたのは、自然のなりゆきであった。本山が、早くから「文芸運動の不振を打開」しようと呼びかけていたのはよく知られていただろうし、何よりも『月刊文化沖縄』を編集発行していたということがあった。

『月刊文化沖縄』は、第二巻に入って、第一巻では見られなかったような記事が掲載されるようになる。

第二巻第一号、一月、二月合併号は、先に触れた通り「迎春之辞」を巻頭言にし、将兵の武運長久を祈願する言葉で始めていた。第二巻最初の号が、「皇軍将士」の武運長久を祈願する言葉で始まったのは、すでに雑誌が、戦時体制と無関係ではありえないものになっていたことを示しているが、そのことを端的に語っているのが、「沖縄健児此処に在り」「大和男子と散つた知花清一　本県徴兵令実施最初の海兵」の掲載である。

同記事は、徴兵令が実施された直後で県民がまだ兵役の義務についてよくわからない頃「躍如情熱と正義感に燃え世紀の主役となり登場率先して日本精神の範を垂れ、七生報国の尊い精神を発露」したとされる知花清一の記念碑の碑文が、馬天居士によって起草されているといい、その碑文を「左に掲げ、茲に感慨を新たにしたい（B記者）」として紹介されたものである。

沖縄県に徴兵令が敷かれたのは、明治三十一年。当時は、確かに「兵役の義務の何たるや詳らかならず」といった状態で、徴兵忌避にからむ事件が各地で頻発した。明治三十七年、日露戦時になると「大和男子と散つた」海兵知花清一のように戦死する者が出てくる。新聞は「武士の花」として連日戦死者を讃える記事を掲載し、戦意の高揚に懸命になる。それが昭和十六年になると復活し『文化沖縄』も、その旗を振り出したのである。

第二巻第二号になると、「血達磨となつてトーチカを爆砕　噫！勇猛我如古兵長――近くその精神を皇軍訓育資料に――」といった記事、「銃を護つて片手で死闘！　新城二等水兵の責任感戦陣訓を其の儘の活きた資料」といったのが現れてくる。前者は、「横嶺関東南方八キロの敵陣地、トーチカの夜襲戦」で「我が勇敢なる我如古兵長は、瀕死の重態で爆薬を抱へ突撃、さしも頑強なるトーチカを粉砕、我が軍に凱歌を挙げしめたが、その身は肉弾となつて散つた勇猛な戦闘心を〇〇隊では此の程皇軍精神発揚の絶好の訓育資料なりとして、我如古兵長の戦闘詳報を教育総監部へ申送る事になつた」というものである。後者は、南支「珠江下流虎門付近の一孤島の見張り所で、早朝の見張当番について」いるとき、不審なジャンクを発見、それを追走するため二人の「支那人船夫」を使ったところ、二人も敵の一味であることがわかり、一人を殺し、後の一人を追っている最中、銃を落としてしまい、それを探すのに悪戦苦闘するが探し出すことができず、そのことを上官に報告したということを、記事は「『畏くも陛下からお預かりした軍人の魂たる兵器』を失つた事を繰り返し〳〵涙を流してわびたのであつた。げに新城二等水兵の此の責任感は『刀を魂とし馬を宝となせる古武士の嗜を心とし戦陣の間常に兵器資材を尊重し馬匹を愛護せよ』の戦陣訓を活かして伝へる訓育資料そのものである」として紹介していた。

第二巻第二号の巻頭言は「新たなる闡明」の題で、月刊誌『文化沖縄』の使命は、「単なる文芸運動なりと誤解してはならぬ。県民の文化生活への啓蒙運動をも兼ねるは勿論、併せて新国民たる堅実思想の培養、指導の実を挙げんとするものである」と書いていたが、沖縄出身兵士に関する前線記事は、まさしく「新国民」の決意をうながさんとしたものであった。そして彼等の死や行為は、賞賛されただけにとどまらず、またとない「訓育資料」として取り上げられたのである。

『文化沖縄』は、戦死者たちの行為をよき「訓育資料」だと紹介した記事を掲載していくように、少しずつ変わり始めている。翼賛体制への同調が鮮明になっていったのもそうだが、第二巻第六号から登場する幾つかの欄もその変化を示すものとなっている。

5　芸能分野の改善

第二巻第六号は、三つの欄を新設している。「映画」「演劇」「音楽と舞踊」の欄で、その三つを並べた頭に、「六号論壇」とうってある。「六号論壇」の「六号」は、たまたま号数と重なってしまっているが、六号記事、いわゆる「雑文、雑報」欄といった意味合いのもので、三つの欄の一つ「映画」欄は「郷土として、亦、郷土人として最初の映画製作による作品」で、五、六年前に作られた「護佐丸誠忠録」が再映されたことにふれて「何と云ふ荒唐無稽な醜態だ／郷土の文化に責任を持つことは、芸術家だけの任務でない。郷土人全体の任務と思ふが、併しこの映画に、関係を持つ人々は何等かの責任を持つべきである。／良き史実と、良き資料の存在する特殊性を、かく無責任に底気味悪くも醜状を、観衆に観せるに至つては迂闊な話だと思はれる」といい、「郷土愛もよろしい。併し、ただ郷土愛と云ふ煙幕に依つて、そうした人間の感情の機微に喰ひ下つて、之を執拗に持つてまわるやうな偏狭的な郷土愛は、お互いにつゝしまねばなるまいと思ふ」と、苦言を呈していた。

他方「演劇」欄では、「映画法」が実施されたことで演劇界でも「演ゲキ改善ニ関スル具体的方策」が話題になり「演劇法の準備法案」が議会に提出されるといわれるが、「映画と同じく登録制度が採用されやうとしてゐる今日――特に著しく眼立つ本県演ゲキ界の現状は、勿論、論を俟たずとも、農村男女青少年の悪への誘導面で、正しく徒らに卑猥下劣の扇情的なものや、妄りに阿諛迎合場当り式な、不健全娯楽の標本とも云ふべきものである」と断じ、「時局下に於ける銃後国民の強化と、健全なる精神の育成には、もつとも強化性の強い演ゲキの健全を必要とすることは自明の理である。／されば、識者や当局側でも、本県演ゲキ界の革新浄化の要望の声がしきりと起るのは、当然の事である」とした。そして「標準語励行は県下各層を挙げて躍起となつてゐながら、只だ一つの標準語ゲキすら上演しないとは、演ゲキ界は勿論、亦もつて奇怪千万な話だ」と断じていた。

「音楽と舞踊」欄では、「琉球舞踊」が、「帝都の日本ゲキ場の檜舞台に脚光を浴びて登場して以来」「日本本土の人々の知る処となり、話題にのぼるやうになつた」が、「沖縄では、どうであるか」と問い、「考へずにゐれば、完全に無関心でゐられる現状である。／それでゐて、一方では、何かある度ごとに〝やれ音楽がどうの〟〝舞踊がどうした〟と口ぎたないほどいろ〳〵と文句が多い。こう云ふ世界は恐らく他の世界にない」といい、芸術としても娯楽としてもこれほどに「高揚的」なものはないし「今までの郷土文化の歴史の上からも、民謡とヲドリが常にその主体的なものであることに照らしても、必ず郷土ブヨウの再興を念じ、また以つて普遍的なものにする研究や、紹介を今後、旺盛にされなければならないと思ふ」とたたみかけ、料亭、妓楼のサービス芸術に閉じこめることは無論の事、「蝸牛角上」のつまらない争いなどもやめて、「大衆化」すること、それが、「真に郷土愛に燃ゆる県人のとるべき急務」だろうから「速やかに一元化に依る各団体の統一運動を起せ」と提言していた。

第二巻第六号から新設された三つのコラムから、「六号論壇」の目指したものが何であったかほぼ推測できるかと思う。そこで映画や演劇、舞踊や音楽が取り上げられたのは、それらが「時局下の銃後国民の強化と、健全なる精神の育成にはもつとも強化性の強い」ものであると見られたからに他ならない。

『月刊沖縄文化』は、創刊当初から映画、演劇、舞踊、音楽に力を入れた編集をしていた。それが二年目に入って第二巻からいよいよその傾向が顕著になるのは、次の目次一覧からでも明らかであろう。

第二巻第一号（昭和十六年一月二月合併号）

国民芸術としての映画　　北川鉄夫

新体制と農山漁村の娯楽　旭館主　馬上太郎
琉球の劇　組踊　B記者
文化映画評　蛇皮線の国　登川尚佐
年をとること　山田五十鈴
第二巻第二号
蛙・鳴・蝉・噪　本山裕児
第二巻第四号
黒糖と文化映画　文化映画の意義と製作　本山裕児
郷土の演劇　山田有邦
北から南に　下條策太郎
新婚旅行は琉球へ　巌きみ子
第二巻第五号
農村娯楽問題（巻頭言）
文化推進　琉球の映画　山本嘉次郎
娯楽と映画製作に就て　北山良平
文化推進　映画と音楽　田辺尚雄

和光同塵（文化映画）　本山裕児
シナリオ「沖縄島記」三部作　海洋民族　脚本・演出　村田達二
第二巻第六号
映画　石辺勘太
演劇
音楽と舞踊　舎利屋敏
第二巻第七号
第一回大政翼賛会中央協力会議　主として映画・演劇に就いての諸問題
演劇　選歎十郎
映画　映我風碗
註文帳　沖縄の演劇界　泊阿嘉
文化推進　地方文化の映画　杜聖林雄
第二巻第八号
地方文化と文化映画＝沖縄島記の製作意図＝　村田達二
地方人として　北川鉄夫
音楽と舞踊

映画　憂国三郎
文化推進　海の民　村田達二
和光同塵　本山裕児
とにかく映画は映画である　袋一平
児童映画の話　佐藤弘
『沖縄演劇界』問題顛末記　編集部
第二巻第九号
演劇　泊阿嘉
映画技術者の立場から　千葉泰樹
音楽と舞踊
映画
沖縄演劇界問題　古典劇復興の秋　玉城尚秀
沖縄演劇界問題　演劇の問題　下條策太郎
昨日の話題　演劇界動揺譜　O・S・O
沖縄移動演劇会の誕生
第二巻第十号

「演劇と文化」その他　北川鉄夫
演劇　丹下右膳
移動演劇に就て　伊藤熹朔
第二巻第十一号
素人演劇運動の理念（案）　遠藤慎吾
「白い壁画」の文化的意義　式場隆三郎
「白い壁画」の製作に就て　児井英夫
音楽と舞踊
演劇改善問題を繞りて　石川文一
映画　憂国三郎
和光同塵（娯楽の統制）　本山裕児

『月刊　文化沖縄』は、第二年目からそのように映画、演劇、舞踊、音楽に関する記事を数多く掲載するようになる。

第二巻第六号で「農村男女青少年の悪への誘導面で、正しく徒らに卑猥下劣の扇情的なものや、妄りに阿諛迎合場当り式な、不健全娯楽の標本とも云ふべきもの」だとやり玉にあげられ「革新浄化の要望の声がしきり」だとされた「演劇」について、石川文一は、第二巻第十一号で「演劇改善問題を繞りて」と題し、問題の所在と、その解決策を提言しているが、問題は「芝居の経営が、従来役者の手に依つて独占されてゐた」ことにあるとして、次のように論じていた。

此の事（芝居の経営が、従来役者の手に依つて独占されてゐた一事）の為、沖縄の演劇が、如何に進歩を阻害され、発展をさまたげられてきたか、その手つとり早い例が、芝居の経営者、即ち幹部（役者）達は自分の懐を肥すのに汲々たる余り、演劇にとつて、最も重要なる要素を持つ所の脚本に命をかける事をせず、演出者を用ひる事を知らず、舞台装置へ出費ををしみ、大道具小道具を充実させず、等々一々あげて数えきたつたら、実にその暇もない程の無茶苦茶ぶりだつたのである。

その反証としては、今から約十年位ひ前、山城正忠氏や、山里永吉氏、上間政敏氏等が芝居への脚本提供を活発にやつてゐたある期間丈は、沖縄の演劇界も又、活況を呈して、華やかであつたとの事。

これからおしてみても、私の今云つた事は、充分頷けると思ふのである。

然して、こうした事実が、歴然としてゐ乍ら、今迄彼等が脚本に金をかけず、演出者を遇しなかつたのは、そこは、それ、金のかゝらない脚本、脚本と云つたらをかしいが、つまり、材料が実に豊富に彼等の前えごろ〳〵してゐたからなのだ。それが何であるかと云えば、キングの小説であり、講談雑誌の読物であり、実話雑誌の小説等々であるのだ。それ等が、そつくりその儘の形で、焼き直されて上演せられてゐたのだ。何と云ふ徹底した偽作であり、盗作であり、剽窃ぶりであつたらう。然もそれが、新聞へ堂々と、彼等自身の名前をかゝげて○○○作とするに至つては、正に自分で、自分の顔へ盗作者の看板をかゝげてをるのも同様ではないか。

昭和五、六年ごろ、沖縄の芝居は、山里永吉の脚本を得て、大変な盛り上がりを見せたといわれている。昭和十六年といえば、それからわずか十年ほどしかたっていない。その間に、沖縄の芝居は、山里登場以前の元の木阿弥になってしまっていることに、石川は、我慢がならなかったのである。

演劇は、脚本作家および演出家を必要とするにもかかわらず、彼等をなおざりにし、私利私欲に走っている「無茶苦茶ぶり」とともに、役者の「盗作」を意に介しない姿勢が、いかに「芸術を冒涜」するものであり「本県の演劇の向上を阻害してきたか」と嘆じ、役者の詐欺まがいの行為が殲滅されない限り、「本県の演劇は絶対に改善され得ない」と断じたのである。

石川は、演劇が、文化運動として、さらには大衆を指導していかなければならない今日のような「臨戦態勢下」においてはとして、「我々は、先づ真つ先に、沖縄の演劇界にはびこつてゐた此の自由主義的経営法をとりのぞいて、あく迄それを国策に添ふて、高度国防国家の建設に役立つ所のものたらしめるべき義務があると思ふが、それには如何にすべきであるかと云へば、何よりも先に、演劇を今日の如く衰退せしめてきた従来の経営者即ち役者の手から、それを切り離して仕舞ふ事が、焦眉の急務であると断言してはゞからない」とした。

『月刊文化沖縄』が、映画、演劇等に力を入れたのは、「国策に添ふ」という使命にもよるが、あと一つには旧態依然とした芝居を改善しようとしたところにもあった。石川の論は、そのことをよく語るものになっているはずである。第二巻は、そのように映画、演劇等と関係するコラムの掲載が目立つようになるが、それだけではない。

第二巻は、少なくともあと二点目立つ分野がある。その一つが、沖縄の伝統的な武術、空手に関わる記事の掲載、あとの一つが、南洋、移民関係の記事である。前者は、摩文仁賢和の「日本武士道の一分派として確立せる空手道」（2―4）に代表されるであろう。摩文仁はそこで「空手道が本土に正式に紹介されたのは大正十一年頃、以来加速度に研究者の数を増し、近年また更に其の関心を深め帝都を中心として全国に普及されつゝある。然し未だに遺憾に思はるゝ事は空手が沖縄に於て発達し、日本精神に則り幾多の先輩により幾百年の歳月を費して粒々辛苦日本人の手に依つて錬成されたものであるに不拘、交通が不便のため、他武道の如く全面的に接触する機会が与へられなかつた結果、今日に於てもなほ空手が如何なる物であるかの認識を欠いて居る人々が多くそのため未だに支那武術であるかの如く誤解を持つ向もある様であるが空手は決して支那武術では無く立派な日本武道の一分派として確立したものである事を以下少しく述べて見たい」として、その歴史を概観したあと「非常時日本の国防武道として各自専念武道報国の実を挙げられん事を切望してやまない次第である」と結んでいた。

後者に関しては、安里延が「南進の魁」（2―7）と題して「世界の七つの海をかけめぐり七万の拓士を送る移民県の王者をしめる沖縄県の海外発展は、遠く戦国時代の室町時代に始まり、我が国泉州塔港を基点として、我が南方進展に努力した御朱印船より以前のことであつた。／また、山田長政等の南方進出より百数十年以前、既に、我が国の南方発展の先駆者として沖縄人は東亜の海上権を掌握し南はシャム、安南、三佛斉旧港（スマトラの一部）、爪哇、マラッカ、蘇門答剌、佛太泥、巡達（爪哇の一部）呂宗島と緊密な貿易を続け、更に北上してゐる。／特に欧州人が東洋への航路を発見し、東洋に勢力を伸張する以前に、吾等の祖先は既に帆船に風を孕ませて南支那海を乗り越え東南アジアに於ける貿易権を壟断独占して万丈の気を吐いてゐた。／だからその子孫の多くが我が南進論の先覚者の血統を享けてゐるから、沖縄は南進の魁であると云ひ得るのである」といった主張によく現れていよう。

沖縄の武術が「日本武道の一分派」であり、移民が「南進の魁」であると論じたのは、他でもなく大政翼賛といった時代の思潮を背景にしている。「武士道」や「大東亜共栄圏」といった戦争を支える理念を積極的に注入するのに武術も移民も総動員されていったのである。

6 啓蒙運動の展開

第二巻は、とりわけその第六号は、新機軸を打ち出し、雑誌を親しみやすいものにしようとしたといっていいが、第七号は、さらに興味深い企画を打ち出していた。それは、雑誌の一周年を記念して「一、一周年を迎へた郷土雑誌『文化沖縄』に対する感想と希望」「二、沖縄県人が他府県人に誤解され易い点、又長所として誇る点」の二点について、読者に回答を求めたことである。

一に対しては、「郷土史や懐古的記事も興味深いものであるが、沖縄の新しい文化を進めて行くやうに使命を確立されること」(宮里良保)、「沖縄の殆ど総てが他府県に劣つてゐる事を最先に認識して此の啓蒙運動が本誌の天から与へられた一大使命である」(新城朝功)こと、「陋習を打破指導者原理の確立、翼賛理念に基づく精神文化の高揚、演劇改善、移民問題の検討」(大峰雪夫)を積極的に行うべきだといったのが、集約的な意見であった。

二について、比屋根安定は「標準語が自由に操れないから、駄目なり。海外発展が長所ならん」と一言で片づけていた。標準語問題と移民、沖縄の短所と長所は、多くそのことをめぐるもので

あったといえるが、二についてのみ回答している一人島袋源一郎は、

(1) 標準語に習熟せざるもの多きこと
(2) ダラシなき服装をなせるもの多きこと
(3) 卑屈者多くハキ〳〵せざること
(4) 清潔整頓の不徹底なること
(5) 集団生活をなしたがる点（他府県人との交際円満を欠くこと）

長所――
海外発展の素質に富み、勤勉倹素にして真面目なること

を挙げていた。同じく二のみについて回答している米国三郎は、

(1) 衛生思想乏しく不潔不整頓な点
(2) 打算的で小利に走り職をかへる者多い故
(3) 島国根性強く他府県人との交際ないため
(4) 言葉不明にして意志発表拙劣なるため

(5) 日常生活に対する常識を欠き動作進退見苦しきため
(6) 年中行事が異り、特に趣味が一致せざるため
(7) 衣食住が異り、然も敬神崇祖の念が薄いため

長所として誇る点――
(1) 辛抱強く貯蓄心に富む
(2) 純真にして従順なり
(3) 人情厚く知人友人に親切なり

といったような事柄を列挙していた。

この「葉書回答」に、回答者は、それぞれの立場から真剣に対応したといっていいが、その中でも、とりわけ力を込めた回答をしたのに新城朝功がいる。新城は、一について、「三号雑誌」くらいに思っていたのが、ますます発展しそうないきおいで、慶祝のいたりであると始め、成功の理由に、執筆者を県内のみならず県外にも求めたことをあげ、経営者の手腕の大事さに及び、雑誌の使命を説き、内容のさらなる拡充を求め、「三文文士の出来そこないの様な文学青年を造らぬ様」注意をうながした後、二について、次のように述べていた。

（二）誤解といふのは「真実そうではないが、そうらしく思はれ又は見られる事」を言ふのである。

我が県人は殆ど口癖の様に「どうも県人は、他県人から誤解を受ける」といふ事をいふが、私をして言はしむれは決して誤解では無く、他府県人は沖縄県人を大体に於て正解してゐると思ふ。即ち県人は先づ（一）挨拶が下手である（二）気が利かぬ（三）言語が不明瞭である（四）御世辞が言へぬ(五)他から誤解される様な方言を使用する(六)物事に要が欠けてゐる場合が多い(七)服装にだらしが無い（八）時間と場所を構はずに男が三味線を弾いてゐる（九）公共事業に不熱心な点が多い（十）書面の返事を怠る（十一）礼儀や作法等を弁へぬ者が多い等々色々誤解されてゐるといふが、然し是れが大体に於て事実だから何も誤解では無からう。

要するにこれ等の事実を県民が誤解であると思つてゐる間は沖縄県は未だ〳〵救はれてゐないと思はねばならぬと同時に是等の重大なる欠点を早急に自ら改め其の上に猶ほ誤解があれば其の誤解は解く必要があらう。

◇沖縄県民の特長とすべき点

取り立てゝ特長とすべき点は無いが、沖縄の農村を見、又南洋、ハワイ、北米、南米等の沖縄県人の活動状況を他府県人及独、伊、米等の外国人に比較しても猶且つ優れりと思ふ点は（一）開墾事業に特殊優秀なる手腕を持つて居る事（二）漁業殊に漁獲方面に世界的非凡な技能を持つて居る事（三）最小限度の生活に耐え得る体力を持つて居る事（四）頑健にして強大な胃の腑を持つてゐる事であると思ひます。

新城は二の回答をまず、「誤解」という言葉から始めていた。これは、なかなかに意表をつくもので、確かに新城が指摘している通りであった。誤解ではなく事実だとしてあげた沖縄人の欠点は、新城だけが挙げていたわけではないことからして、沖縄人と言えば、ごく普通にそのような像が、思い浮かんだのであろう。

このような沖縄人像がいつごろから定着するようになったか明らかではないが、諸見里朝清の回答に「本県人が他府県人に誤解され易いと思われる二、三点（出稼者移民等）」と指摘しているのを見ると、出稼者、移民等が多くなりはじめたことと関係していたように見える。沖縄人の長所として誰もが挙げている「海外発展」「海外雄飛」が盛んになっていくと、それだけその短所も目立っていったのである。

「文化沖縄」が、沖縄人の長所、欠点を探り当てようとしたのは、「時局下高度国防国家建設の要請に即応して文化新体制の確立運動が活発に展開され地方文化振興といふことが強調され」（伊豆見元永「葉書回答」）るようになったこと、すなわち地方性の検討といったことと関係していよ うが、長所も短所もこれだけ皆が皆、判で押したように同様なのには編集者も驚かざるを得なかったのではなかろうか。

「文化沖縄」の編集部は、「誤解されやすい点、又長所として誇る点」についての設問を「沖縄人が他府県人に」という言い方をしていた。本山も「来島する他府県人や、遊覧客なんてお世辞がいいにきまつてゐる」(1―2)と書いていたが、北川鉄夫の「郷土と映画」には「勿論琉球の風土、習慣は内地とは異つてゐるに違ひない」(1―1)と、「他府県」ではなく「内地」となっていた。北川の「内地」という言い方から、本山の「他府県」へ、そして「葉書回答」(2―7)でも「他府県」が使用されているのを見ると、北川、本山といった個人的な言葉の使い方の問題を越えて、その頃から「内地」をさけ、「他府県」へと変わっていきつつあったことがわかる。

「内地」ではなく「他府県」に変えたのは、沖縄は決して「外地」などではないということを周知徹底させるためであったと考えられなくもない。県外の執筆者はともかく、沖縄在住の執筆者が「内地」ではなく「他府県」としたのは、沖縄も「皇国」の一県であるということにこだわったからであろうし、それだけに「欠点」の克服を喫緊の重要案件だとしたのである。

7　編集発行兼印刷人の交代

昭和十六年五月十六日「沖縄地方文化連盟」の第一回結成準備会が行われ、十月二十六日には「演劇ヲ通ジテ国民文化ノ昂揚及標準語奨励ニ協力スル」ことを「目的及事業」にして「沖縄移動演劇会」が創設される。そして十二月二十七日には「国民文学の昂揚、地方文学の確立、著作権擁護、沖縄演劇改善の為め良き脚本の提供」を目的とした「沖縄文芸作家協会」が結成されるといったように、『月刊文化沖縄』の第二年、第二巻目の年は、「文化運動」に大きな動きが見られた年であった。それだけに、雑誌も活気を呈したといっていいが、創作分野に限って言えばそうでもなかった。

小説（「時代・現代物・事実小説」等々）、その他（「詩謡・短歌」等々）についての「原稿募集」広告は、第一巻第二号から第二巻第一号にかけて出されていたが、その分野は第二巻の全期間を通しても、あまりふるわなかった。「原稿募集」という笛は吹き鳴らされたにも関わらず、踊る者がいなかったのか、創作面は概して不調であった。

昭和十七年『月刊文化沖縄』は、三年目を迎える。

『月刊文化沖縄』の第三年目、第三巻は、第一号から第五号まで欠。現在見ることの出来るのは、八月号第三巻第六号からである。八月号が第六号であることから、雑誌が二度休刊したことはわかる。それがどの月であったかについての判別は難しいが、少なくとも七月でなかったことだけは明らかである。

八月号、第三巻第六号には次のような文章があらわれる。

英印の問題が刻々に激化し、深刻化し、それと殆ど時を同うして、ソロモン海戦の大戦果が報道され、一億の鉄心と鉄腕と、いよいよ、がつちりと融け合ひ、組合ひ、又微動だにせず、必勝の気宇、祖国の天地に澎湃としてゐる。見よ、ほのぼのと明けゆく興亜の空を――私どもは、今さらながら、御稜威の下、日本国民としてのありがたさが骨の髄の髄まで、徹するおもひがする。しかうして、そこには、何んらの私がない。この国民的感激、歴史的栄光の中に、本誌の編集をはつたのも、また偶然でない。ごらんの通り、七月を革新号とし、本月を躍進号とした。そこから、これまでの面目を一新して、あくまで、翼賛文化、興亜文化の建設に、邁進せんとする、私どもの心がまへをくみとつていただきたい。

文末に、(八月十五日、山城生)とある。「山城生」は、八月号の中表紙に、山城正忠主幹、新崎盛珍編集と並記されていることから、山城正忠に違いない。また奥付を見ると、編集発行兼印刷人は馬上太郎になっている。昭和十六年十二月号第二巻第十一号までは、本山豊の名前が編集発行兼印刷人になっていたことからして、山城、新崎、馬上の体制になったのは昭和十七年、第三巻になってからで、それも、間違いなく七月号、第三巻第六号からであることが山城生の文面からわかる。

山城はまた、先の文に続けて「しかし、私共の微力では、到底、所期の目的のはんぶんのはんぶんにも達し得ないのは勿論であり、したがって、皆さんの御協力により、はじめて遂げ得るのも論を俟たない。本誌のよくなるのも、わるくなるのも、県下文化人の本誌に対する、関心と熱意によつて決定する。そこをよく御諒解の上、県下総動員の御支援と御鞭撻をお願い曰す。いふまでもなく、ひとりでも余計よんでいただくのが、本誌の目的であるから、各自が、その勤労職域に於て、又は、家庭生活の中で、感じたこと、見たこと、きいたこと、言ひたいことを、惜しみなく、玉稿にして、寄せていただければ、しあはせである。形式は、随筆でも、日記でも、詩でも、歌でも、句でもよい。そのほか、小説、戯曲、児童劇、農村劇、紙芝居脚本等々、どれでも結構である。要するに、国体観念を深め、時局認識を高め、かねて、健全なる趣味好尚の養ひとなり、また、近代科学文化の指標となるやうな、所謂、指導的、啓蒙的のものが欲しい。早速実行して下さい。優秀なものには、ほんの薄謝ながら、贈呈する用意もある」と告知している。

山城は、新しい体制のもとで「これまでの面目を一新して、あくまで、翼賛文化、興亜文化の建設に、邁進」したいと述べていた。第三巻第六号の文芸面についていえば、まさしく山城の言を実行したと言えるものになっていた。

そこでまず目に付くのが山口由幾子、古波鮫弘子といった歌人、新垣美登子といった小説家が登場したことである。勿論、これまでも、紙面に女性が登場しなかったわけではない。高山廣子（「女らしさ」1―3）、花園歌子（「琉球舞踊小見」1―5）、椿澄枝（「きもの」1―5）、風見章子（「仕事をする態度」2―1）、巌きみ子（「新婚旅行は琉球へ」2―4）といった映画、舞踊等芸能関係者の随想だけでなく、大瀧晴子（「折にふれて」九首、2―2）、緒方静子（題なし、三首、井澤湫は女性か、題なし、二首、2―3）、永島栄子（「雑詠」十首、2―5）といった女性歌人たちの短歌の掲載は見られた。そして、彼女たちの随想や歌には、それぞれに見るべきものがあったが、それは全体からすれば、ほんのわずかなものであった。それが、第三巻第六号には、三名が同時に登場する。

山口由幾子の「沖縄の墳墓を憶ふ」は、那覇に到着して「大墳墓群」を見た感動を記すとともに「人骨を入るる穴さへあらわに見え累々と並ぶ蔵の如き墓」「何人とも何なせりとも記すなし位置しめて構へ大きなる墓」「生れしものつひは源に帰すといふやあはれあはれ墓は女体の形す」と歌った「墳墓の歌」十二首、「三角筋ゆゆしいつかし若人がかろがろはこぶ肩の夏野菜」と、労働する若人の躍動を歌った古波鮫弘子の「美しき線」六首、そして鰻や鶏、蟹その他沖縄の食べ物としてよく知られている豚足料理やエラブ鰻の類を食べる気になれないといったことを書いた新垣美登子の「食はず嫌ひ」が雑誌を飾っていた。

彼女らの登場は、山城正忠が『文化沖縄』の主幹になったことと無関係ではないであろう。そしてそれは彼女たちの登場だけでなく「樹陰」を発表した江島寂潮の登場についても言えることである。

「樹陰」は、古道具の修繕師に触発された語り手が、「紙芝居」を通じて「大東亜建設のために戦ふ兵隊」への感謝と「日本の国体のありがたさを」みんなに認識させたいと思ったということを書いた十数枚ほどの大層短いものであるが、時局をよく写したものとなっていた。

息子を戦死させた修繕師の話と、その仕事ぶりから、語り手は「私は自分をふり返つた」といい、続けて「お前はこれまで人の子を教へて来たが、お前の教へた人間は、ほんとうに此の鍋修繕師の如く自分の仕事に大きな使命を感じ自分の後にある一本の樹を信じ切つて何時でも死ぬことの出来る人間に錬成したかどうか。お前の教へ子で戦死したものが二名も居るが、お前はその教へ子の最後を考へて見たか。心の底から御国の為に喜んで死ぬことが出来るやうな魂をうち込んでやつたかどうか」を自問する。

文中の「自分の後にある一本の樹を信じ切つて何時でも死ぬことの出来る人間」というのは、修繕師が、語り手の庭にある「蜜柑の樹陰」で仕事をしていて「後に大きな樹があると何の心配もなく落着いて仕事ができます」といい、「大きな樹のしたなら何日死んでもいいと思ひます」と胸の内を打ち明け、続けて自分の息子は昨年戦死したが、「せめてこんな大樹のもとで死んで呉れたらよかつた」と思う、と話したのに対し、語り手が「日本の兵隊さんはみな御国の大樹のもとで安心してよろこんで死ぬのですよ」と応答していたことを踏まえていた。

「樹陰」が、時局をよく反映した作品であることは、「大樹」が「国体」の隠喩として用いられていることにあったが、作品はまた、沖縄が「大東亜建設」の重要な担い手になりえることをそれとなく指し示してもいたのは、修繕師のもとに、古道具を持って集まってきたのが「娘を南洋へやつて腹をたてたり喜んだりしてゐる隣りのおやぢ」であり、「一人息子を南京の労務員にやつて独りで家を守つてゐるをばさん」であり、「つい二三日前に海南島から帰つて来た男」であるといった所によく現れていた。そして「樹陰」の中核をなしていたのは、この修繕、すなわち「大きな戦争にかちぬくため」にはまず身の回りにあるものを「更正」することから始まるのだということにあった。

「樹陰」は、戦時の貧しい庶民の暮らしぶりと、その時代を律した理念とをよく写していただけに、好評をもって迎えられたのではないかと思う。

十一月号、第三巻第九号の巻頭言は「正忠」と記名されている。山城はそこで「雑誌がよくなつたと、讃めてくれる人がある。さうかと思ふと、まだまだ臭みがぬけないといつて、気をつけてくれる人がある。私はそのいづれにも、深い好意を感じる」と書き出していた。「雑誌がよくなつた」と言うのには、積極的な女性たちの登用や、短編小説の掲載等をさしてのことであっただろうが、「まだまだ臭みがぬけない」というのは、何をさしていたのだろうか。

『文化沖縄』は、本山豊、石川文一、金城安太郎の三名を同人として出発した雑誌であった。山城正忠が主幹になる前の『文化沖縄』は、前期『文化沖縄』の時代と規定していいだろうが、その時代の特色は、映画、演劇、舞踊、音楽といった芸能関係を中心とした編集にあった。何を論じるにしても、芸能を通してというスタイルになっていて、芸能関係雑誌の類だと見なされても不思議ではないほどになっていた。「まだまだ臭みがぬけない」という評は、たぶんそのスタイルがまだ抜けてないことをさしていたのではないか。

本山豊から馬上太郎へと編集発行兼印刷人が変わったのは、どういういきさつによっていたのか、その本山が最後に携わった号、そして馬上が最初に携わった号がないため、よくわからない。山城が主幹になって以後の雑誌は、後期『文化沖縄』の時代と呼べるだろうが、その最初の号は、前期『文化沖縄』の遺産を受け継ぐかたちになっていたのではないか。「まだまだ臭みがぬけない」と評されても、致し方なかったと言えるが、第三巻第六号からは、明らかに前期『文化沖縄』の編集とは違うものとなっていた。

8　愛国百人一首の掲載

昭和十七年十二月号、第三巻第十号は、「巻頭言」を「昨年の十二月八日、国を挙げて、斉しく恐懼感激のうちに、おほみことをいただいて以来、早くも一周年のあの日を迎へました」と書き出している。そして、この一年を送るにあたって「御民一億の感咽茲にきはまり、烈々の気宇、いよいよ天に冲するの概あり、而して又、おもむろに明けゆく東亜の空に、おごそかにひらける世界の平和が感じられます」といい、「御民われ生ける験あり天地の栄ゆる御代にあへらく思へば」という歌を覚えず三唱したと記している。

巻頭言には記名がない。和歌の引用が見られることからして山城の名が浮かんではくるが、その歌が、当時よく知られていた歌であることを思えば、山城以外の、例えば新崎であったとしても不思議ではない。その、覚えず三唱したという「御民われ生ける験あり」の歌は、第三巻第十号に掲載された「愛国百人一首」に選ばれた一首でもあった。

十八年新春、日本の家庭の正月恒例「かるたとり」は、「愛国百人一首」で幕開けした。何しろ、十七年という年は、B29の東京初空襲、ミッドウェー海戦の大敗北と戦局は悪化、緒戦の戦勝ムードはどこへやら、国内には不安と緊張がたかまっていた。国をあげての戦いである。必勝を期しての正月は、「小倉百人一首」のムードではない。戦意高揚、国家意識をたかめる新企画が必要であった。

そこで、十八年正月用にと東京日々新聞社が一般読者から愛国歌を募集、その中から百首を選び、戦時下の百人一首をつくることになった。

選定委員会は官民合同で、内閣情報局、大政翼賛会、文学報国会と東京日々新聞社が中心となってつくられ、選定委員は、日本文学報国会（昭和十七年五月十六日結成）の短歌部会から、佐々木信綱、齋藤茂吉、窪田空穂、折口信夫、土屋文明など十二名、多彩な顔ぶれであった。

選定基準は、佐々木信綱によると、「愛国の義を広義に解して、敬神崇祖、国土礼讃、自然の美、季節の感、親子夫妻の情を吐露せるものなど」で、たとえば、

柿本人麻呂の、

皇は神にしませば天雲の雷の上に廬せるかも

については、「真実純粋な奉帰一天皇の精神のあらわれ」であり、

大伴家持の、

天皇の御代栄えむと東なるみちのくの山に金花咲く

は「大東亜戦争を祝福する意味があり、無限なる鉱業発展を暗示して、まことに喜ばしい歌」

であると、いささか苦しいが、天皇を中心とする聖戦意識をたかめるものを基準として、選定することになった。

集まった和歌一二万首、万葉から幕末までの秀歌である。これに選定委員特別推薦歌五〇〇〇首、資料委員選出の一〇〇〇余首を加えた一二万余首の中から、戦時下の秀歌百首が選び抜かれた。

『決定版　昭和史　破局への道　昭和18～19年』は、「愛国百人一首」についてそのように紹介している。

『月刊文化沖縄』は、「日本文学報国会が情報局、大政翼賛会等後援の下に全歌壇を総動員して選定した百人一首は完成した。之が選定にあたつては現歌壇の十一元老ならびに諸学者協力のもとに過去半歳に亘り慎重厳選を続けて居たが左の如く我等の祖先の示した愛国の情熱迸る金玉の百首が選出された」として「愛国百人一首」を掲載し、昭和十八年一月号、第四巻第一号（未見、現在欠　筆者註）から、「愛国百人一首評釈」として第四巻第六号まで連載している。「愛国百人一首」及び六回にわたるその「評釈」の連載は、山城が主幹であったことと関係しているであろう。山城主幹、新崎編集体制になって、「琉歌鑑賞」（伊良波長順、第三巻第六号）、「名句私選（富安風生）より」（第三巻第八号）、「程順則の詩に就いて」（新崎盛珍、第三巻第九号）といった詩歌に関する記事が多くなっていた。

「愛国百人一首」が、読者にどれほど「愛国」の念を沸き立たせたか、その効果のほどは疑問だとはいえ、雑誌が、芸能中心の感が強かった編集から文芸中心になった感を与えたのは間違いない。

9 国民的自覚の強調

昭和十八年第四巻第一号は、所在不明。そのため、その内容はわからないが、第四巻第二号「編集後記」で新崎生は「〃光明を失ふなどと云ふことは能く言はれるが今度といふ今度は、それが単なる比喩的の表現ではなくて、事実に於て此の苦杯を満喫せし（め）られた〃と或人が嘆声を漏らして居たが、百日余に亘る暗黒の連続は、吾々のやうな操觚者仲間を底知れぬ苦海に投げ込んで了つた」と書いている。新崎生のいう絶望的な「百日余に亘る暗黒の連続」は、直接的には電灯状況の窮迫を指していたのではないかと思われるが、十八年になると、日常生活の逼迫を始め、日米戦は明らかに思わしくないものになっていた。

十八年第四巻第二号は、高良忠二の「歴史と命魂（下）」、山城興純の「労務雑記」を掲載している。

高良はそこで「身を以て難に赴き、死を以て国に殉ずる精神こそ国史教育者は勿論各層の指導者の体すべき心情であらねばならぬ」といい、「もう理論ではない。国史の中に活き、殉国精神に徹した命魂の発動実践こそ若き人々を揺り動かし指導する偉大なる力の根源である」と説き、山城は「最後に私が全県民に愬へたいのは、此際六十万の人たちが心を合せて、最小限度の生活を営むことである。安んずることである。安んずるのではなくよろこんで従ふのである。物乏しなどいつている居る時ではない」と説いていた。

「死を以て国に殉ずる精神」や「最小限度の生活」を説く時論を掲載する一方、東一男の「英米は如何観られたか」(第四巻第五号)、野崎真一の「アメリカン・シンプルトン」(第四巻第七号)、神山政良「英米の謀略にかゝつた伊太利の悲劇」(第四巻第十号)等を掲載していく。

東のそれは、ゲーテ、カント、ルーテル、ルソー、フレデリック大王、福沢諭吉が、どう「アングロ・サクソン民族」を見たか提示するとともに、「自身英国人でありながら英国人に嫌悪を感じて居る芸術家も少なくない」としてバイロン、バーナード・ショウ、トーマス・ジェファースンの文章に見られる偽善者、非人道的、残虐、傲慢、不道徳、虚栄心といった言葉を取り出してきて「此の言葉は其の儘のしを付けて今日のヤンキー共に贈呈し度い。如何せ血を分けた兄弟である。否弟分のヤンキーは長い間本土を離れ未開地に在つてお山の大将己れ一人と野生を伸びたい放題伸ばして我が儘に育つて来たから万事が不作法で、露骨で兄貴のジョンブルに輪を掛けたやうな図太さだ」と論じていた。東の論は、英国人による英国批判を米国批判に被せたものであったが、野崎の論考は真っ向から米国をこき下ろしたもので、その傲慢不遜さ、営利主義、幼稚性を指摘したあとで、次のように論じている。

筆者はかくの如く米国の弱みをいろ〳〵とこきおろして来たが、一方馬鹿者には馬鹿力のあることを忘れてはならない。米人は其の生活力の旺盛なる点に於いて、恐らくは世界無比なものでは無かろうかと思ふ。彼等は人智のあらゆるものを傾倒して、衣食住の充実と向上の為めにさゝげたのであつた。わが国にてはとかく実務家の中には学者を迂闊なものとして笑つてゐる人々もあるが、米国では、机上人と市場人とは常に緊密なる提携が保たれてゐる。抽象的机上の数字が明日は市場の売品に体現さるゝ如うな有様である。若しこれ等の勢力が一たび軍需工業にふり向けられた場合は相当の手応へを予期せねばならぬと思ふ。これをいふ所以のものは米国恐るべしと云ふ意でなく、侮るべからずといふ事である。

野崎は、「新帰朝者」であったということだけあって、米国の弱点だけでなく、その長所を取り上げ、恐れるのではなく侮るなと注意していた。米国が、どのような国柄であるかは、そのように「新帰朝者」の報告からも伺い知ることができたはずであり、読者の多くは必ずしも米国に無知であったとは言えない。しかし、「今や敗戦に次ぐに敗戦を以て終始せる米国は、我に反撃を加へんことを夢想し、日本本土に空襲を敢行すれば紙と木で造つた日本の家屋は一挙にして灰燼に帰せしめることが出来ると豪語して居るやうだが、実際敗戦の苦杯を飲み続けさせられて居るヤンキー共は、斯う云ふ強がりを言つて自ら慰め、国民を欺く外に方法はなからう」（伊江朝助「時局と教育」第四巻第五号）といったような言葉を鵜呑みにし「侮るべからずといふ」言葉を真剣に受け止めなかったのではないかと思う。

「国民」は、米国の「豪語」は「夢想」だという論調を信じたかったであろうし、また信じたにちがいない。最良の知識人だといえた神山政良にして「由来英米は武力戦よりも謀略戦を得意として居る。正々堂々と真正面から打つかるよりも、側面から瞞し打ちするなり、思想戦宣伝戦によりて相手を攪乱するなり、なるべく犠牲を少くして戦争の結果を収めようとするのが、打算主義、経済主義、英米の常套手段であることは周知の事実である」と書いていたのである。

英米に対する論者たちの論述そのものが、皮肉にも神山の言う「謀略戦」であり「思想宣伝戦」といっていいものであったが、「国民」の多くは、そのような時論に寄りかかっていったのである。

昭和十八年になると、戦況の論じ方に明らかな変化が現れてくる。新帰朝者の野崎の論がそうであったが、「文化沖縄」の「巻頭言」にもそれは現れている。

昭和十八年五月、第四巻第五号は、「戦局は正に決戦段階に入つて居る。敵は如何にかして頽勢を挽回せんものと焦慮し、反撃を加へようと画策を怠らないであらう。／我が皇軍が緒戦以来陸に、海に、空に連戦連勝、我ながら予期し得なかつた程の鴻大なる戦果を挙げて居ることは御稜威の然らしむる処、国体の然らしむる処と感泣の外はない」と書いているが、そこには「敵は如何にかして頽勢を挽回せんものと焦慮し、反撃を加へようと画策を怠らないであらう」といったように、これまでの戦果を誇るだけの論調とは異なる文面がみられる。それはまた、

史家の言ふ処に依れば、アングロ・サクソン民族は敵に学ぶことを知つて居るとのことだ。だから、一方から言へば、過去の一年有半に於て我等は、如何にして敵に勝つべきかの途を巨細に亘つて彼等に伝授し続けたとも言へる。彼等は我等が伝授したる処を悉く学習し得たりとは言へないにしても、其の中の幾分かは学得した、ことと思はねばならぬ。されば敗戦に敗戦を重ねて居る彼等が、如何に焦慮しようが、何程の事を為し得べきと慢心して居るべき時ではない。宜しく一億一心、上下一体となつて産業、経済、政治、科学等々あらゆる面に於て敵国に勝ち得るやうに緊張し努力を続けて行かなければならない。何となれば、近代の戦争は単に武力と武力との争闘たるに止まらず、産業と産業、経済と経済、政治と政治、科学と科学等々あらゆる文化と文化との争闘だからである。

といった論調によく現れていよう。戦果を誇ることから、「慢心」をいさめ「緊張し努力」することへと論は舵をきっていく。

昭和十八年六月、第四巻第六号は、「山本元帥の戦死は全く晴天の霹靂であつた。一億の皇国民皆深く悼むと共に、撃を増して元帥の後に続き、身命を賭して此の戦を勝ち抜かん決心をいよいよ深めた」と書き出し、

今や戦局はいよ〳〵深刻になつて行く。如何なる事件が突発しても感覚の奴隷、妄想の奴隷とならず、常に澄み静もる心眼を開いて、打ち寄する狂乱怒濤を見守り、以て動に転ずべき時には、間髪を容れず発動し得べき心身の錬成は、前線銃後を問はず不断に必要である。

と締め括っている。

「戦局はいよ〳〵深刻になつて行く」事態が、第四巻第十号の「大舛中尉に続かん」には、否応なく現れている。

十八年の十月には、戦局の悪化は、もはや蔽いようのないものになっていた。ガダルカナルに於ける大舛中尉の戦死が、それをさらに身近なものにしていっただろうが、そのことで戦意の喪

失を恐れるかのように、巻頭言は、彼の死に対して「さきに軍司令官より感状を授与せられた事と、今般畏くも上聞に達せられたる旨を発表した」と報告する。軍司令官よりの感状、さらには上聞に達したということが、いかに大変なことであるか、敢えて書くまでもないといったところであろうが、どうしても付け加えておかなければならないといった調子で「中尉此度の栄誉は一身一家母校郷党の名誉である事は勿論だが、ひいて沖縄県民学徒に与へた国民的自覚と精神的な矜持とは実に量り知れないものがある」と強調していた。

『文化沖縄』が、何をおいてもまず説きたかったのは、この「国民的自覚」であったといっていいが、大舛中尉の死は、その絶好の材料として登場したのである。

十一、十二月合併号、第四巻第十一号には、そのことを証するかのごとく藤野憲夫の「大舛大尉に就いて」と糸洲朝松の「大舛大尉を偲ぶ」が掲載されている。前者は「思ふに日本民族は今後北に南に西に一大飛躍を要するのであるが、我が沖縄県は地理的にも歴史的にもその南方進展の魁たるべき当然の立場にあるのに鑑み、愈大舛魂を作興して祖国への御奉公に邁進すべきであると存じます」と論じ、後者は「大尉の空前の偉勲に依り国士たるを期すべしと謂ふ伝統の一中魂は遺憾なく顕現せられた。今後此の一中魂を弥が上にも昂揚し、第二第三の大舛大尉が踵を接して輩出する事を熱願する者である」と述べていた。

「祖国への御奉公」といい、「第二第三の大舛大尉」をという言葉は、沖縄県人が「国民的自覚」

にいささか欠けるところがあると見られるのを恐れて発せられたのであろう。県民が「非国民」として見られることを恐れるあまり、「大舛中尉」に続けと叱咤激励したのである。死を身近に感じ始めて、いよいよ熱狂していく様子が、そこには写し出されてもいた。

10　生活の改善

戦局が厳しくなっていくのに伴って、「尊皇精神の発揚国体の明徴」（真栄田義見「水戸学瞥見（二）第四巻第五号、（一）は第四巻第一号、休載の後第五号から連載）を説く「水戸学」に関する論述や、また「水戸学」に触れつつ「大和魂とは死処を見出すこと」（伊江朝助「時局と教育」第四巻第五号）だと説く論が紙面を飾るようになる。

「君国の為に一身を捧げ」尽すことを説く伊江や真栄田のような論の登場は、それだけ、戦局が深刻化してきたことの現れにほかならないが、そのような論を一方に、『文化沖縄』は、昭和十八年になると「くすりを（薬草）を求めて」（久場仙眼、第四巻第二号から連載開始）、「野草料理と利根省吾翁」（仲吉朝宏、第四巻第四号）、「滋味巡礼」（沖縄栄養食実習会、前同）、「春の野菜料理」（野崎文子、前同)、「琉球植物雑感　御膳本草の植物解」(多和田真淳、前同連載開始)、「食へる野草」(多和田真淳、第四巻第十号)といったような、野草の活用を説く文章を掲載していく。第四巻第四号の巻頭言は「円満具足の神の世界ならばいざ知らず、人間生活に於いては、不足勝なのは免れ得ざる常住の姿であらう。況んや戦時下――富強を誇る英米を向ふに廻はして未曾有の聖業を遂行しつゝある刻下の体制にありては、精神生活、物質生活のあらゆる面に於て窮乏を告ぐるは自明の理である。自明の理である以上、徒に困竭を喞つことを止めて、臨機応変の対策を講じて行くのが、皇国民の取るべき態度ではないか」と、説く。

昭和十八年になると、戦局の危機とともに食糧事情の逼迫が日常化する。そしてその打開策を、「水戸学」や「野草」に見いだそうとしているが、その中で生まれてきたのが、次のような詩であった。

一本のローソクの灯を囲んで
となり組常会は開かれた
一人ひとりの顔が光に映えて、花が咲いたような賑やかさだ
かげ口の上手な隣のおばさん、黙々挺身の保険屋さん、会社員、産業組合のおつさん
ふだん冷たい顔も、さびしい顔も、今夜はニコニコと和やかだ

10　生活の改善

この人の集りのなかゝらは、絶えず明るい爆笑が上る
何ごとかと道行く人もついのぞく
みんなそれぐ〜ひと言意見をのべ
貯蓄強化、衣料節約、鉄銅回収、お芋の増産
前線の兵隊さん思へば
笑つて容易く実行出来ることばかり

拳を握り眼を怒らし
「鬼畜米英」の話は激して行く
石に囓りついても
撃たずに置くものかアメリカー！

このひと塊りの常会は
絶えず激し、笑ひ、感心し
鎖のような太い起伏の中に

爆音のやうな、北洋の怒濤のやうな、爆弾のやうな
何かしら
はげしいものを持つてゐる
たとへば「万歳」を叫ぶときの
あのいかめしさを持つてゐはしまいか

喜友名青鳥の「となり組常会」（第四巻第三号）と題された一編である。

「となり組」は、「出征兵士の歓送・防空演習・国債消化・貯蓄奨励から日常生活物資の配給業務などの末端行政の役割」を果たしただけでなく、「非協力者を締め出す相互監視」の役割をも担った組織で、月一回の常会が開かれた（『沖縄大百科事典（中）』「隣組」上間正諭）といわれる。喜友名の詩は、とぼしい灯りのもとで行われている「となり組常会」が、「絶えず明るい爆笑」をあげるとともに「はげしいものを持つてゐる」と、翼賛体制に協力していく姿を歌い上げていたが、そこに見られるのはまさしく「野草」の生活も厭わないとする決意と「水戸学」の精神であった。

11「琉球芸術展望号」と「生活の科学化号」

昭和十八年第四巻『文化沖縄』は、二度特集号を刊行している。一つは八月号、第四巻第八号の「琉球芸術展望号」で、あとの一つは、十月号、第四巻第十号の「生活の科学化号」である。

「琉球芸術展望号」は、沖縄文化連盟主催になる「郷土のほこり芸能展」が開催されたのと関連して企画されたものであった。「大東亜戦争を契機として、それまであられもない方面に向けられて居た眼を自らの伝統、自らの文化に向けるやうになつたことは嘉すべき趨勢だ。かと云つて、思ひ上つて排他的となつたり、自己陶酔に陥つたりしないやうに戒むべきは言ふまでもないことだが、嘗て自己の有したりし誇るべき文化、尊き伝統を再研校して将来への向上、精進に資することは緊要である。此の意味に於て裏者郷土の誇芸能展が開催されたことは、意義深い快挙であつた。そこで本誌は、郷土芸術の各部門に亘り、それぐ〳〵専門家に乞ふて、その蘊蓄を披瀝して戴いたことは欣幸の至りだ」と「編集後記」に書いているが、「専門家」として「蘊蓄を披瀝」したのは豊見川素堂（「琉球芸術と伊藤博士」）、安谷屋正量（「芸能展の声なき囁き」）、屋部憲（「書画・彫刻の陳列を終へて」）、原田貞吉（「沖縄の陶器」）といった面々であった。

戦局の様相がおかしくなりつつあったばかりでなく、明らかに日常生活が窮迫する中で、戦局とも日常ともおよそ無関係だと思われるような「芸能展」が、なぜ開催されなければならなかったのだろうか。

それは、原田貞吉が書いているように「事変後、大東亜戦争後各郷土のあらゆる芸能の保存確保、顕揚、方言の保存と云ふことが政府の方針となつて」いることを受けてのものであり、安谷屋正量が述べているように「精神を作興して祖先の偉業」を受け継いでいく必要があるということによるものであった。「芸能展」は「編集後記」に記されていたように「あられもない方面に向けられて居た眼を」自国に向けること、すなわち欧米文化への憧憬、追従を精算するということにあったが、あと一点、屋部憲が、「書道」について「古琉球時代に、国際上に活躍した冊封使や随行の墨客達が数ケ月も沖縄に居て土地の水を呑み、人情に浸り、風光を賞でて筆を執つたものを土地の人が、土地の石や木に刻しそれが土地の歴史と縁を結んで今日に至りたるもので、其の趣致たるや滾々として尽きざる泉の如く、古拙味ふべしなどと云ふ言葉で片付けられない程、吾々の生活と密接な関係を持ち、吾々の眼腹を肥やして来たのである。これは単に対支関係を述べたに過ぎないが尚ほ吾々の周囲には台湾や朝鮮の人々の筆跡もあり、過去に於けるこれ等諸国との文化の交流は実に将来の大東亜建設を約束したかの感がある。そして、その国際上の交りに於いて最も重要な役割を果たす可き書道は今後新しい認識の上に起ち、勇ましい出発をしなければならぬ」と論じているように、「大東亜建設」を推進するための格好の指標になるとして開催されたに違いない。

「琉球芸術展望号」の奥付の頁には、「郷土を愛する者は強し　活せ祖先の創意と工夫」の標語が見られる。それは、郷土は、郷土人で守れという、郷土防衛思想の徹底化を歌ったものであった。「郷土を愛する」ことと「大東亜建設」、その間に横たわる深い溝を飛び越えさせる方途として選ばれたのが「芸能展」であった。

あと一つの特集「生活の科学化号」は、「戦線と相並んで銃後の生活を科学化することに依つて、必勝の態勢をいやが上にも強固にせねばならぬ秋」に当たって企画されたもので志喜屋孝信「計画的生活」、我謝栄彦「科学眼で観た日常生活」、小野重朗「科学と逆境」、多和田真淳「食へる野草」、稲福全栄「シークワーサー訓」、石原徳誠「灸の科学」、与那国善三「飛び安里の話」、西郷親盛「体位の科学」といった身近な話題とともに「沖縄科学小史」、新崎生のコラム「時局と科学」等を併せて掲載していた。

特集号の企画は、新崎生が「時局と科学」で書いているように、「科学振興に対する叫び」が、今や、全土で澎湃として起こっているという見地から出てきていた。

「科学眼で観た日常生活」を書いた我謝は、前大戦でのドイツの敗北の主原因が「食糧の不足」にあったといい、食糧不足は、肥料不足からきているが、現在の我が国、とりわけ沖縄の現状をみると、原料の輸入はなく、資源も豊富ではないとすれば、あるもので補わなければならないとして、日常生活の科学化という観点から「草木灰」を事例に「加里一元素ぐらいと侮ることなく草木灰の蒐集及び取扱ひは入念にしなければならぬ」と説いた後、日光利用、冬瓜、南瓜の選択、蔬菜調理、茶の効果について順次論じていた。

多和田の「食へる野草」は、我謝の論をさらに徹底させたものであった。彼は、「決戦下に我々は野草食を実行して第一線将兵の苦労を偲ぶの外粗食に慣れ胃腸を強壮にし根強く忍ぶ野草から強靱性を摂取するは勿論紫外線をほしいまゝに受けた野草のホルモンやビタミンをも吸収しなければならない」といい、野草が代用食になるだけでなく薬効があることを説き、積極的な利用を勧めていた。

我謝、多和田の両論は、日常生活の窮乏化をよく示すものとなっていた。そしてその逼迫していく生活を踏まえて書かれたのが、小野重朗の「科学と逆境」であった。小野はそこで「米国との戦争は、養蚕家や絹織物業者にとつては何といつても大きな打撃であり、ひどい逆境に直面したにちがいない。しかもその逆境の中からこそ先のやうな（平板繭を科学的に処理すると非常な高度が出るので鉄兜ならぬ絹兜が作られること、平板繭では蛹は裸のままに残るので、それらを集めてその蛋白質で醤油や味噌をつくること、蚕の糞が、兎の飼料になったり、胃腸薬になったり、火薬の材料にまでなるといったようなこと）驚くべき発明、発見も試みられたのである。もしこの逆境がなかったなら、日本の蚕に兜となつて前線を馳駆する栄光の日はなくて、いつまでもアメリカ娘の靴下になることに甘んじてゐなければならなかつたであらう」といい、あと一つ例をあげるとして、沖縄の台風に触れたあとで「逆境の中でこそ、科学が芽生へ、育ち、実のるといふことが言へる」と強調していた。日常生活の科学化特集の目的は、小野のこの言に尽くされていたといっていいが、それらの論の行き着く先は、他でもなく「精神」や「魂」の強調であった。

「生活の科学化号」は、これまで顧みられなかったものの活用や、ごく身近にあるものの見直し、逆境こそ発明の母だと、生活と直結した論述を掲載したほかに、「世界最初の飛行機発明者は琉球人であることを申上げ、此の血と肉を継ぐ吾々から今後ドシ〳〵世界的発明者の出る事を希望する」（与那国善三「飛び安里の話」）といった発明を勧めた随想を掲載し、貧しさをものともしない精神の鍛錬、逆境を克服する積極的な活動を促そうとした。

論の多くは、戦時態勢への協力を眼目にしていたが、僅かとはいえ西郷の「体位の話」のようなのもあった。

西郷の「話」は、沖縄県の体位が、著しく悪いと云うことが徴兵検査の結果等で明らかにされているが「その原因が何によるかといふことはまだ全く窺知することすら出来ない状態で常識的に揣摩憶測するの域を出ないような感じがする」としながら、それを解明するために「零歳から七歳までの幼児一万人を県下各地で調査し、また同時に文部省、厚生省発表の学生、生徒児童の体位並びに徴兵検査時における成績等をあまねく検討」した結果、その「原因と思はれる点を指摘し得た」として発表されたものである。西郷は、そこで出生児の体重は良好なのに、生後一年あたりから劣等になり、第二次成長期に入ってさらに全国平均との差が顕著になる傾向にあることを指摘する。そして、その原因についての考察をしているが、乳児の成長が「栄養の補給に関連することは言を俟たない」として

母乳をもつて乳児を哺育する率は全国で七〇％に過ぎないが本県では断然全国一で九十二％が母乳栄養である。随つて本県の乳児の発育はその大部分が母乳に関係あるものと見て差支へないわけで、そういう関係で本県の乳児が四ケ月頃から体重が他府県に劣つてゆくのは母乳の分泌が乳児の要求量を満たすことが出来ないのではないかと想像される。すなはち母乳の分泌不足による栄養の不充分が原因を来したものであると思ふのである。母乳不足の原因には母胎栄養の欠陥と肉体的精神的過労が考へられる。随つてこれが対策としては母性の保護並びに母性栄養の確保が強調されねばならない。またその他一般育児知識の貧困さも相当影響してゐるのではなからうか。

と述べていた。

西郷は、その後で「蛋白質摂取量の不足」とその解決による体位の向上、また「生活訓練と生

活の秩序」の確立の必要性を説いているが、西郷がそこで「母性の保護」を説いていたことは注目されてしかるべきである。

生めよ増やせよのかけ声が大きくなるに随って、母性の負担が増大していったことは間違いないが、「母性の保護」については、果たして顧みられたであろうか。西郷は、沖縄県の体位の貧弱さを、「母胎栄養の欠陥と肉体的精神的過労」にあると考えたが、それは、もはや沖縄県だけの問題ではなくなっていたはずである。「母性の保護」を訴えた西郷の論は、戦時期において最も良心的な論述であったといっていいが、生活の術を失いつつある中で、どれだけの人が、耳をかたむけたであろうか。

戦時において戦時を感じさせない文章といえば、詩歌に関するエッセーをまず上げなければならないであろう。その中でもとりわけ、第四巻第三号に掲載された小野十露の「沖縄の風物と俳句」、同巻同号に掲載された上間草秋の「注春荘愛陶三句」、第十一号所載、鷺泉の「秋夜想出せる詩歌」等は出色であった。小野のそれは「沖縄の風物を詠んだ」俳句を鑑賞したもの、上間のは李朝、赤絵、知花の壺が手に入った喜びを句と文にしたもの、鷺泉のは琉歌と漢詩とを鑑賞したもので、三者三様、趣味、学識が遺憾なく発露し、雅趣に富んでいた。

小野は、時局的な文章を書くとともに、琉球ホトトギス会に属して俳句をものし、詩歌の鑑賞に筆を振るったばかりでなく、「沖縄文学韻律考」(第四巻第七号所載)を発表するといったように、学術的な面でもすぐれた業績を残した多彩な才能の持ち主であった。新崎は「編集後記」で小野について「専門以外にも俳句に小説に行くとして可ならざるなく常にきび〳〵した頭の良さを見せて居る」と書いているように、多くの分野にわたる寄稿者として、貴重この上ない存在であった。

12　文化の動向

昭和十九年第五巻第一号『月刊文化沖縄』は、「決戦下必勝の新年を奉賀候　昭和十九年元旦文化沖縄社　新崎盛珍　山里永吉　大嶺真英　持主馬上太郎」と挨拶の社告を出している。そこには山城正忠の名前がない。

山城にかわって山里が加わったのは「雑誌の経営に深い経験を有する山里永吉氏が此度入社することになった。之に依つて本誌は一層光彩を放つことであらう」という新崎生の紹介文と、第四巻第十号「編集後記」に「今度本誌の編集に新崎さんのお手伝をする事になつた。本当の一兵卒として出直す積りである。よろしく御鞭撻をお願ひしたい」と山里記名になる挨拶文があることから、十月には入社していたのではないかと思われる。

山里は、十号の編集を手伝い、十一月号の編集に取りかかったところで「用紙や印刷製本の都合等色々考慮して、今後発行日を一日に改め、先づ十一、十二月合併号を出すことにした」（第十一、十二月合併号「編集後記」新崎生）ということで、新しい事態にいきおい直面している。

第五巻第一号は、昭和十九年一月一日発行。新崎に変わって山里が編集を担当したのは、「編集後記」が山里記名になっていることから明らかであるが、山里はそこで「新年号だから新年らしい編集をと考へたのであるが、用紙不足の限られた頁数では思切つた編集も出来なかつた。それに雑誌報国のたてまへから国体観念の昂揚に資するか戦力増強の一助ともならなければ、文化沖縄の存在理由も無い訳である」と書いていた。

山里の編集になって、雑誌が、大きく変わったということはない。第五巻第一号の執筆者が、ほぼ以前と同じ顔ぶれだといえることでもそうだが、多少の工夫が見られないわけではない。それは、伊藤忠太、柳宗悦、田中俊雄といった沖縄の建築、美術、工芸に造詣の深い著名人の文章を埋め草として使っているところにあるが、そこには、これまで以上に、沖縄の歴史、文化に焦点を当てようとした意欲の現れを見ることが出来る。

伊場信一の「沖縄の文化」を巻頭に置き、山里自身の「郷土史物語　牧志恩河の勤王」を巻末に置いた編集にもそれは現れていた。沖縄の歴史文化に焦点をあてようとした編集をよく示したのに「葉書回答」がある。

「葉書回答」は、企画としては二番煎じの感をまぬかれない。昭和十六年八月号、第二巻第七号ですでに「葉書回答」を行っていたからであるが、それは、雑誌に対する感想と希望、そして沖縄人の短所と長所についてのものであった。それに対し今回は「沖縄地方文化の動向に就いて」として、「一、過去の文化財の保存（主として文学、工芸、舞踊）、二、将来への文化の動向（主として標準語と方言の問題、及び演劇の改善）」を上げ、文化という一点に絞って回答を求めていた。

その文化問題が、時局と深く関わって回答されたことは、比嘉栄真が、

この問題に就いては先達の翼支の文化委員会で協議されました。其当時の内容をかいつまんで申しますと

（一）本来の日本文化の真相をしつかり把握する事、即ち八紘為宇の大精神によつて基礎づける事

（二）決戦下一筋に戦力増強に邁進すべき事等によつて地方文化の動向として先づ「オモロ」精神の昂揚と時局に鑑み多数の航空兵を養成、送り出す事等が協議された模様でした而して吾々は古典を活かし、絢爛たる文化を持つ自信を獲得し以て時局の推移に深く留意して、物心全てを働かすことである。標準語問題に就ては既に充分に論議し尽され、今更茲に言葉を差し

挟む必要はないものと思惟します。

というのによく現れていよう。

比嘉のような回答は、不思議でもなんでもない。第五巻第一号から新設された「時言」欄に「〇に開催された大東亜会議に於て声明せられた五大原則の中に各民族が其の伝統を尊重し、文化を昂揚すべき旨が挙げられて居る」とあるのが見られるように、伝統の尊重、文化の昂揚は、当時のスローガンであったし、「葉書回答」の「地方文化の動向」に関するアンケートも、それと無関係ではあり得なかった。そしてそれは、伊場の「兎に角、現在の日本の文化は総て一つ残さず戦争完遂の為に一元化されなければならない。国家あっての文化であって、国家が亡びて文化が残る筈は無い。従って沖縄の文化も勿論、日本文化の一翼である以上、総てを挙げて戦力増強に動員されなければならない」（伊場信一「沖縄の文化」）といった発言によく現れていた。文化の問題も、もはや「戦力増強」とのつながりを抜きにしては論じられなかった。

そのような中で、どのような編集ができたであろうか。第五巻第二号以後が出たかどうか不明だが、例え発行されていたとしても、「戦力増強の一助」を声高に叫ぶだけの雑誌になっていたのではなかろうか。

Ⅲ

短歌雑誌とその時代

沖縄出身歌人の二〇年（一九二六年〜一九四五年）

はじめに

一九二六年（大正十五年・昭和元年）九月、琉球文学会、狩社同人は『琉球年刊歌集』を刊行する。山城正忠は「序に変へて」で、「この年刊歌集が、よし過渡期の建設とは言へ、わたしどもの持つ、短歌界最初の記念塔として、永劫に栄あれと祈つてやまない」と述べていたが、それは、まさしく山城が願った通り、沖縄の文学界とりわけ短歌界の「記念塔」となった一冊であった。

『琉球年刊歌集』に名を連ねた歌人は、三十三人。[1]その収録歌数四百七十首は、「吾等の文壇を持ちたい、われ等の生活をもちたい、吾等の世紀を持ちたい」[2]という熱い「願望」と「理想」とが実現させたものであった。『琉球年刊歌集』は、沖縄における最初の年刊歌集であったという、それだけですでに記念碑的であるが、歌人たちが大同団結したことによって、そこに、その時代の様々な特質が写し出されていたということでも記念すべきものであった。

例えば、短歌界の動向。新興短歌、自由律あるいは口語歌と言われる作品がそこにはすでに登場している。そして、新しい歌の時代の到来を示すかのように、いわゆる旧派の代表的な歌人たちは除外されていた。明治短歌を担ったのは、同風社や日曜会といった結社によって活動した歌人たちであったし、彼らの活動が止んでいたわけでもないのである。[3]

『琉球年刊歌集』は、明治末から新派として登場してきた歌人たちを中心にして、そこに大正末になって登場する新興短歌歌人が加わり、沖縄の歌壇が、再度動きだしつつある様相を、手に取るようにわかるものにしていた。

次に、歌われた対象。沖縄の歌人たちが、沖縄を歌うことには何の不思議もない。大和和歌を手本に、題詠にしばられていた旧派の歌人たちはともかく、新派の歌人たちは、沖縄を積極的に歌い始めていた。その沖縄が、大正期になると、明治期の新派の歌にはそれほど濃くなかった苦渋の色が、漂い始めている。沖縄の景物を詠むということが、難しくなりはじめていたかに見える。

そして、短歌の新たな担い手たちの登場。旧派にも新派にもほとんどいなかった女性歌人たちが登場してきたこと。新しく登場してきた女性歌人たちによって、これまでとはことなる短歌の風景が自から現れてくることになる。

一九二六年は、大正から昭和に改まった年であった。その世替わりの年に『琉球年刊歌集』が出たということは、偶然にすぎないが、沖縄の文学界も、大きく変わり始めようとしていたかに見える。沖縄の大正歌壇が、どう展開したかについても不明の点が多いが、少なくとも『琉球年刊歌集』に並んでいる名前が、大正歌壇を先導してきたことだけは間違いない。そして、その後彼ら、彼女らはどうなったのか。その後の昭和歌壇も、彼ら、彼女らが先導したであろうことは間違いないが、[4]本稿では目を転じて、『琉球年刊歌集』発刊後の一九二六年から、沖縄ではなく、本土の雑誌に登場した歌人たちについて見ていくことにしたい。

一九二六年から一九四五年にかけての足掛け二十年間、本土で刊行されていた諸種の雑誌、とりわけ短歌雑誌に登場してきた沖縄出身の歌人たちが、そこにどのような作品を発表していたか辿っていくことで、沖縄の昭和歌壇史の一部を埋めることにもなるのではないかと思う。本稿は、そのささやかな試みである。

1　『アララギ』の歌人たち

『アララギ』が、「子規を宗とし、写生と万葉を両軸とする現実主義により、近代短歌史の主導力となってきた」のは周知の通りであり、また「大正十五年の赤彦死去は『アララギ』の歴史に一つの区切りを置く事件であったが、茂吉がふたたび責任者となり、昭和五年、文明これをうけて戦後におよんだ」[5]ということもよく知られていよう。

『アララギ』の歴史に「一つの区切り」をつけた島木赤彦の死去後、その『アララギ』に最初に登場した沖縄出身の歌人に我謝秀昌がいる。[6]一九二七年（昭和二）四月号に発表された我謝の歌は

淀川の中洲のくまは白じろとけさの寒さに氷はりにけり
電車より摩耶山上の灯をながめ登らずにして今日もかへりぬ

の二首。我謝は関西に住んでいたのであろう。通勤途上の景色と、その途次いつかはと思いながらなかなかにそれが決行出来ないでいることの不如意さを歌ったもので、『アララギ』に見える彼の歌には、沖縄を感じさせるのはなにもない。

沖縄との関わりを感じさせる歌を読んだ歌人としては、一九三〇年（昭和五）十月号に

三十年もなき日照りといふ島山は糧《かて》の甘藷《いも》さへ枯れて育たず
山畑の朝露冷ゆる頃なれや芋ほじくり来て焼くがたのしさ

の二首を発表した横田政良がいる。大正末から昭和初期にかけて刊行された新城朝功『瀕死の琉球』（一九二五年九月）、湧上聾人編『沖縄救済論集』（一九二九年十月）といった著書は、いわゆる「ソテツ地獄」と呼ばれ、「亡国の好見本」といわれた沖縄経済の疲弊を扱った書であるが、後者に収録された記者たちの沖縄報告には、目を覆いたくなるような窮乏ぶりが取り上げられていた。横田の歌は、旱魃による窮乏を歌ったもので、天もまた「亡国」的状況に追い打ちをかけたのである。

彼にはまた一九三一年（昭和六）二月号に発表された

闘牛会の太鼓の音はひびくなり村は亥の子の休みなるかも

　声あげて子等が釣りたる河豚の子は焼砂の上に捨てられにけり

の二首がある。困窮するなかにあっても、手放すことのなかったものはあったし、子供たちは元気だったのである。

我謝、横田の外に金武良三[7]、高嶺清[8]、武富真左二[9]、宮平政彦[10]といった沖縄によくある姓も見受けられるが、歌からでは宮平はともかく、あとは、よくわからない[11]。

　作者の肩に「府県（又ハ市）名」が見られるようになるのは、一九三一年十一月からである。そこに「沖縄」の県名が登場するのは、一九三六年（昭和十一）になってからである。「沖縄」を肩書きにして最初に登場したのは城山達朗である。

　三年振り相見る父は頬の肉いたくくぼみて老いましにけり
　三年振り旅より吾は帰り来て甘藷《いも》の常食に馴れ難く居り
　よに立ちて働けるがに思ひしがあはれなりけり帰りて吾は
　郷里《くに》に来てものの十日と経たなくに日《け》ながくも吾が居る心地する
　怖ろしき吾が疾病《わづらひ》につけこみて時に訪ひ来る詐欺治療師あり
　救世軍の兵士になりし旧き友ときどき吾を慰めに来る

　一九三六年六月号に発表されたものである。初登場を飾った六首からわかるように、城山は、三年ぶりに「旅」から帰ってくる。その旅が、どのような旅であったか、そのことを歌った歌はないが、「怖ろしき吾が疾病《わづらひ》」と歌われているところからして、療養のためのそれであったということがわかる。帰ってきてみると、自分の病気のために、親が心労していること、何よりも生活が貧しいことに気付かざるを得ない。病が癒えたことで、働けるかと思ったが、それも、かなわない。城山が、職につけないのは、その場がなかったということだけによるのではなく、その病にあったと思われる。彼の「疾病」が何であったかは、八月号に発表された五首の中の次の三首からわかる。

国を挙げて癩の浄化にあたるとき百三十名の患者は療養所にゆきぬ
帰郷《かへり》しをただによろこぶ母見れば療院にまたゆくとはいへぬ
健康《すこやか》にありたるならば癩患者など吾もうとみてをるにやあらむ

城山は、「癩」のために、故郷・沖縄を離れていたのである。そして「癩」が癒えて三年ぶりに沖縄に帰ってきたのである。しかし、働く場がない、といって「療院」へ戻りたいというのも母を悲しませることになるので口にできない。

「国を挙げて」の歌は、「昭和十年十二月五日、鹿児島星塚敬愛園へ、沖縄の患者百二十九名が収容され」たことと関係していよう。[12] 患者収容のための「船舶を利用しての海上運送は、途中、台風をついて決行され、日本救らい史上に残る『世紀の壮挙』と言われている」という。[13] たしかに、それは「壮挙」といって間違いなかった。[14] 沖縄に「癩」の療養所が出来たのは、一九三八年（昭和十三)。「昭和十年頃、沖縄ではハンセン病に対する住民の偏見は異常なほど強く、病者たちは故郷で、家族とともに生活することも叶わず、家族との悲しい別離を経験せねばならなかった。(中略)彼らは、奥山や、海岸に『隔離小屋』を建て、ある者は洞窟に隠れ住み、住民の目を逃れていた」といわれ、「療養所の創設されるのを一日千秋の思いで待っていた」[15]という。沖縄にまだ療養所がなく、海岸端の洞窟や、山奥の掘っ建て小屋に隠れ住んでいた病者たちにとって、星塚敬愛園への入所は、この上なくありがたいものであったかと思われる。

城山は、百数十名にのぼる患者たちの「療養所」行きを、「国を挙げて」の「癩の浄化」と表現していた。そこには、「療養所」行きを単にありがたいものだとして受け取ったのではない複雑な思いが込められているかに見える。「癩」を病むものが、世間からどう見られているか、よくわかる目を彼は持っていた。

城山は、以後病気と関わる歌を毎号発表するようになっていく。九月号では

ともどもに療養所より帰れりし友が娶るといふことも聞く
療養所より吾は帰りてひたむきに目差す職業もなく耕しぬ

十月号では

癩病みの吾は故郷《くに》へと帰り来て逢いたくもなき人に逢ふかも

といったのが見られる。城山は、そのように、療養所にいた友人の幸せや、自分の情けなさを歌

っていたが、そのような身の回りのことだけを歌っていたのではない。十一月号には

療養所にもゆけぬ病友《とも》らが海浜に集《よ》りて住まへり追はれしがごと
海浜のゆく人もなき病家には郵便配達が通ひけるらし
患家より二丁程来しアダンの蔭に郵便受はおかれてありぬ
手も足もきかぬ病友《とも》らが海浜の廃地を買ひて耕すと言ふ

といったように、世を追われて暮らす「病友」たちの動向にも目を向けていた。療養所にも行けず、また家にも居られない彼らが哀れであることは間違いないが、家にいるのもまた楽ではなかった。十二月号の二首

再発を吾は恐れつ家族《うから》らと後何時までか働くならむ
再発を予期してつねに働けり齢老いたる父母とゐて

そして、一九三七年（昭和十二）一月号には

弟に癩病われのあることを兄は人前に気がひけるらし

とあり、二月号には

療養所より快《よ》くなりて帰るおほかたが他府県へ出でて故郷には居らず

の歌が見られる。快癒して、家にいるとはいえ、いつ再発するかという恐れがないわけではない。しかしそれは、身体の問題であり、慎重に暮らしさえすれば処理することもできることであるが、

「癩病」であったということで、兄弟に「気がひける」思いをさせているかと思うと、身の置き所がない。多くの快癒者たちが、故郷を捨ててしまうのも、そのような思いを味わったからに他ならない。三月号には

療養所へゆくとて父と諍ひし其日よりわれは病臥しにけり

という歌が見られ、五月号には、

三年振り恋ひ恋ひて来しふるさとに落付かずまた発《た》つわれと思ふ

療養所にありて蛇皮線弾くことなどをわれは既に空想せり

というのが見られる。

療養所に戻ることが、嬉しいはずはない。恋しい思いを抱いて帰りながら、すぐに療養所のことが思われるのは、家にいるのが辛いからに他ならない。自分だけでなく、父母兄弟にも辛い思いをさせるのが耐え難い。

一九三七年（昭和十二）十二月号の城山の肩書きは「沖縄」に代わって「熊本」となる。[16] そしてそこには、

社会に出て療院にまた来しわれをあはれみにけりおほくの友が

療院にはじめてわれの来しときの如き感じは今更になし

といった歌がみられる。五月号の「恋ひ恋ひて」の歌から十二月号の「社会に出て」までの歌を

見ていくと、

六月号

慰生園にわれは来りて病友らと昼食《ひるいひ》を食《を》す今日たまさかに

敬愛園より友も帰りてをるなれど人言繁く逢ふこともなし

七月号

療養所へゆく願ひもかなはず明け暮るればわれはほとほと疲れてをりぬ

八月号

故郷《くに》にきてかけしおほくのわがねがひ何一つとてかなはざりけり

療養所より帰りし友のありしかばわれらたやすく交りゆけり

さりげなく癩といふ語をつかひしが人にいはるればおびゆる如し

九月号

さりげなきひとの言葉が病むわれの心に触れてかなしきときあり

療養所へ故郷すててゆくわれよかかる旅出も恋ひて待つべし

十月号

帰省中気儘にすごしたることも小言いはれざらむと思ふさびしさ

療養所に二年あまりゐしわれと前科者とをくらべて見るも

十一月号

はらからと寝食をすることもあと二日にて別れなむとす
同病のひとの苦しみをる状態《さま》は父母にさへ知らせたくなし
鹿児島へ船の出る日を待ちをりてたのしむ如しかなしむ如し
淋しみてゆくわが旅よかたはらに若き人妻がいたはられをり

といったようになる。十二月号からは、「食堂の鐘鳴りたれば療院のながき廊下をつれだちてゆきぬ」といった療養所の日々を歌った歌が多く見られるようになるが、それとともに、

弟妹らのおほかたがまだ幼くて気にかかるなりわれは病みつつ（一九三八年五月号）
いまはしき癩の病《やまひ》がわれにでて家庭もなにも滅茶苦茶にせり（同年八月号）
幼き弟妹《ていまい》たちが我ゆえに嫌はれてゐるかとおもへばつらし（同年十月号）
弟妹の一人病みていまにも来るらしき幻覚に日日を怖《おび》え過しつ（同年十一月号）
癩者の兄をもちてうつしよに生きてゆくわが弟妹と言ひがたきかも（同年十二月号）

といった歌が出てくる。自分の病気が、「弟妹」たちに辛い思いをさせていることを歌った歌は、熊本に来てから始まったのではないが、「幻覚」はその時から現れてきたものであった。

城山は、時に「幻覚」に怯えながら、彼の心を占め始めたものについても詠み始める。

たまに来て新聞をわが見るのさへ君いまさねばさみしかりけり（一九三八年四月号）

恋愛とわが思はねど病室に君が来ぬ日は淋しかりけり（同年同号）
いまいましきかかる病《やまひ》にありながら人を恋ひをり何たるわれぞ（同年九月号）
みじめなる現実を思《も》へばかなしけれど人を恋ひつついまはすべなし（一九三九年六月号）
つきつめて思へばなべてかなしくてわれは眠れず夜半過ぐるまで（同年八月号）
人の言ふ恋とふものかくるしめるいまのこころをわれは言へずも（同年同号）

三八年二月号に、城山は「ひたむきに恋ひ想ふ日の過ぎゆきてすがしく君に対《むか》ふ日もがも」という一首を発表していた。城山に、このひたむきな思いがいつ根ざしたのかわからないが、恋ゆえの悲しみと苦しみが彼を襲う。

三九年十月号から、城山の肩書きの「熊本」が「大阪」に変わる。前月九月号に発表された「熊本」記載最後の歌は六首、その中の四首、

蚤おほき畳のうへに寝ることも馴れてゆかむとつとむるあはれ
世に処してさかしくはなきわれゆえに軽率な身を恥ぢつつゐるも
たくましき労働《しごと》に出でて働かばけだし心のなぐさむらんか
人の愛をもとめて生くるはかなさはおのれ知りつつあきらめられず

四首ともそれほどわかりやすい歌ではない。ただわかることは、城山が大きく変わろうとしていることであり、療養所の生活との決別を決意していることである。「熊本」を去るのは、他で

もなく、病気の快癒と職につくためであろうが、彼が求めた地は郷里沖縄ではなかった。かつて城山は、郷里にいて「療養所より快《よ》くなりて帰るおほかたが他府県へ出でて故郷には居らず」と歌っていたが、彼もまた、「他府県」に、生活の場を求めたのである。肩書きを「大阪」にかえての最初の発表になる三首の中の一首に

うつせみは銭をためむと朝に日《け》に賤しき服装《なり》をして工場へ通ふ

とあるように、「熊本」を出た城山は、「大阪」で「工場へ通ふ」ようになる。

一九三九年十一月号から城山の歌は、いわゆる労働者の哀感を歌ったものが多くなる。

うつそみは職工となりかにかくに生きてゆけると思へるあはれ（三九年十一月号）

贅沢なことも出来ねど自《みづか》らが働きて食ふ生活《くらし》たのしも（同年十二月号）

幾年か夢の如くに思ひたる自活をすべくいまは働く（同年同号）

馴れぬ仕事に叱られながら働きて不退転と言ふを口癖にせり（一九四〇年一月号）

しみじみとつかはるる身のさみしさを心にもちて職を探すも（同年七月号）

職工の給料のやすきことなどを託《かこ》ちつつわが馴れゆくらしも（同年八月号）

生産《はたらき》の人とぞなりて希望さへ見出でしいまの何にさびしき（同年十月号）

職場変りよろこび寝《ね》しか暁《あかとき》に降る雨の音をさめてききつつ（一九四一年五月号）

吾が仕事はかどらぬ日は器用に動かぬ手をみつつなぐさまぬかも（同年七月号）

身を愛《を》しむこころか今夜残業《ゐのこり》の仕事をしつつ泪いでけり（同年八月号）

三九年から四一年にかけて発表されたものである。大阪に出た城山は、「職工」になる。その生活が、療養所の生活に比べてどんなに生きていることを実感させるものであったか計り知れない。とはいえ、慣れない仕事、器用に動かない身体、そして人に使われることの辛さに、時に寂しく、時に泪をこらえることができない。一つの職場にとどまれないのは、しかし、叱られることや、給料の安さといったことだけにあったのではないであろう。

一九四二年（昭和十七）七月号、城山の肩に記される文字が「兵庫」に変わる。大阪から兵庫への移転は、職場を変えたことによるものだと思われるが、他にも理由があったのではないか。城山が、いつ結婚したか不明だが、四二年五月号三首の中の二首に

幸薄《さちうす》く寄りて住めども吾が妻にひとつのことをいまに秘《かく》せり

巻煙草うまらに喫へる吾が妻よいたはることもなくて過ぎにき

と「吾が妻」を読んだ歌が見える。城山は、「吾が妻」を迎え、心機一転住まいを「兵庫」に移したのではないかと思えるが、その生活は、依然として楽になったようすはない。

「明日《あす》に備ふる余裕《ゆとり》はあらず現身《うつしみ》の追はるる如き今日を過せり（一九四二年九月号）」というように、余裕のない生活をしているが、しかし、それは彼だけがそうであったわけではなく、時代の余裕のなさとも無関係ではなかった。

月光《つきかげ》に青く光れる建物の空の彼方に照明燈見ゆ

石鹸の配給待ちて洗はざる作業服幾日《いくひ》つけて働く

一九四三年（昭和十八）一月号三首の中の二首である。戦時生活の逼迫が、城山の生活を一層苦しいものにしたといっていい。「妻」との生活も、

つねに言へど物を大事にあつかはぬ妻に怒りて日々過ぎにけり（四三年三月号）

もの言へば何かのはずみに怒る妻この世はあまりに怒る人々《ひとびと》よ（同年五月号）

といったように、必ずしも心弾むものであったわけではない。しかしそれでも「妻とふたり飯屋《めしや》に食事せし頃よりいくらかうるほいのある生活《くらし》せり（四三年十一月号）」というように、二人になっていくらか暮らしがよくなってはいる。

城山の歌に、「妻」が現れ、そして「うるほいのある生活」が歌われるようになってくる。やっと人並みの生活を送り迎えすることが出来るようになるところまでくるが、「埃吹き街空低くたちこむる夏日の下に疎開すすめつ（一九四四年十一月号）」と、あらたな苦難を予測させるような事態がそこまで迫っていた。城山が、どのように敗戦の年を暮らしたかわからないが、それは決して平穏なものではなかったであろう。

○

城山達朗が、熊本にいたころ、やはり熊本にいて『アララギ』に作品を発表していたのがいる。

並木良樹である。並木の初登場は一九三八年(昭和十三)二月号である。

昼すぎていでてあゆむに庭のべに朝顔の花陽に向きて咲けり
朝餉するすなはちおこる鳥の声今朝は鵯の来てゐたりけり
枯草が目にたつなかに坐りしが長くは差さず秋日かげりぬ
我が室の前の廊下を音あらく人のゆきけり熱いでし日を

並木もまた病者であったことは四首目の「熱いでし日」からうかがえる。彼が、沖縄出身者であったことは、三八年九月号に、これまで肩に振っていた「熊本」を「沖縄」に変えて発表した四首の中の二首、

今宵船は宮古の沖に泊つつ海の上暗く月欠けて出づ
おそく起きて陽の照りつくる井戸端に顔洗ふ時榕樹に蝉なく

の歌から察せられよう。

並木は、三八年七月号に、「古里に帰らむ心きめきめて落着《おちつ》きのなき日を過し居り」の歌を発表していた。病院を出る許可がもらえても、なお帰省を躊躇わせるものがあったのである。その逡巡する心を断ち切って帰ったのであり、故郷に暮らす決意のあらわれが「熊本」から「沖縄」への変更であったといっていいが、十月号には、「沖縄」でも「熊本」でもなく「鹿児島」を肩書きに

隣家の庭に植ゑある朝顔の花ひらきたり露にぬれつつ
月の光蚊帳にさしたり起きいでて何故となく吾は歩めり
畳の上に落ちたる日光《かげ》のびてきぬ高き窓枠《わく》の影をうつして

の三首を発表していた。並木は、城山のように熊本にではなく、何故鹿児島に行ったのか。並木の歌からは何もわからない。並木には、城山のような切実な心情を表白した歌がほとんどない。並木が歌うのは、身の回りに見られる木や花や小動物のたぐいで、それらに己の思いを仮託するわけでもなく、そのあるがままの様子を歌うだけである。

断種して夫婦舎に居る人がきておのづから話題は断種に及ぶ

一九三九年（昭和十四）五月号に発表された四首の中の一首。「断種」という、これほど悲痛な事態もないし、そのことをめぐる思いの沸騰が当然あったといっていいが、並木はただ事実のみを歌うだけである。

自らは癩なりといふ意識ありて心すなほに人に対へず

三九年六月号に発表した三首の中の一首。並木が、自らの病気を歌った一首であるが、「癩」という病が、身体的なものである以上に如何に心理的なものであったかがわかる。

ひたぶるに生きてゆかむにをりをりに吾をおそへり絶望感は

一九四〇年（昭和十五）四月号に発表された四首のうちの一首。この「絶望感」は、病気が快癒しないということによって生じたものではなかったはずである。並木は、これまでほとんど見られなかったこの自分の思いを表白した歌のあと、発表が途絶え、一九三二年（昭和十七）二月号に発表した三首を最後に『アララギ』から名前が消える。[17]

○

並木良樹に変わるかのようにして登場してきたのが、やはり「鹿児島」を肩に付した神山南星[18]である。南星が登場するのは、一九四〇年十月号からであるが、その登場を飾った三首は

歌の道言ひ争ひて気にかかり夜更けを子規の歌論歌話読む
金の無心書きし手紙をふところより夜のポストに落すさみしさ
歌といふものの価値など書き入れて会費送れと母に便りす

といったものである。母親への金の無心から南星の歌は始まっている。それは、日用品を買うためにではなく、「会費」を払うためのものであった。たぶんそれは、「アララギ」短歌会に納入する会費であったと思われる。一九四〇年十二月号に見られる「アララギ」短歌会規定は次のようになっている。

規定

一、アララギ短歌会は一ヶ月の会費八拾銭とす。
一、入会の節は申込みと同時に会費四ヶ月分を前納すべし。

一、アララギに短歌を寄せむとする者はアララギ会員たることを要す。
一、会員を分ちて甲乙二種とす。
一、甲会員は短歌二十首を限り毎月一回送稿することを得。投稿歌は凡て編集同人之を選抜し雑誌『アララギ』に掲載す。
一、乙会員は短歌十首を限り毎月一回添削批評を求むることを得。編集同人之を添削批評の上返送すべし。この場合には歌稿は雑誌『アララギ』に掲載せず。切手八銭添付。
一、乙会員は六ヶ月以内に甲会員に転ずることを得ず。甲会員は随時乙会員に転ずるを得。

南星は「一ヶ月の会費八拾銭」を、母親に無心したのであろう。そして母親は、南星の要望に応えているわけだが、南星はその母親を、

幼き日母に習ひし島唄を今宵さみしく口ずさみけり（一九四〇年十二月号）
園規犯し外出してはならぬぞと母は紙幣をかくし送れり（一九四一年五月号）
沖縄に台風の時季老母が送りたびたる砂糖湿れる（同年十一月号）
老母のなげきを思ひ眼の悪きこと告げがてに二十日経にける（一九四二年四月号）

といったように歌っている。

「紙幣」も「砂糖」も、貧しい生活の中から送られてきたものであったのではなかろうか。それが、一刻も早い快癒を願ってのことであることがわかるだけに、身体に関する「悪きこと」について

知らせることは躊躇せざるを得ない。これ以上、老母を嘆かせたくない、という思いは、南星にだけあったのではないが、南星の歌は、母親とのつながりの大きさをよく示すものとなっている。

人の目をさけて暮しし故郷も秋風たてば恋しかりけり（一九四〇年十二月号）
砂糖車廻す牛など眼に浮ぶ故郷ゆおくりし砂糖なめをれば（一九四一年七月号）
沖縄の月のあかるきを語りつつおぼろ夜の丘君と歩めり（同年九月号）

南星は、故郷について、そのように歌っていた。並木はともかく城山にも、故郷を思う情がなかったわけではない。城山の歌は、嘆きの色が強かった。彼の歌に比べると、南星の歌には恋しさの情が濃い。南星の歌の大きな特徴は、母や沖縄を歌うことでやりきれない暗さから逃れているところにあるが、それは、彼が、より外に眼がむいていたことによるかと思える。

手術台に寝て待つ時に北窓を爆音高く機影すぎたり（一九四一年三月号）
白衣脱ぎマスク外して軍服を着けし恩師のたくましき顔（同年五月号）
医局より事務分館より師をおくり今日は炊事部より恩師をおくる（同年十二月号）
科学的知識がいかに労力と物資とを節約するかを思ふ（一九四二年一月号）
グァム基地の燃え崩るるを想ひつつ第二次爆撃敢行中のニュース聞きたり（同年二月号）
ヒリッピンハワイあたりに数万の移民せるありぬ我が沖縄は（同年同月号）

日本軍の爆撃や進撃にさらされている地域には、数多くの沖縄人が住んでいる。移民県であった沖縄の人たちにとって、日本軍の押し寄せていく地にいる同胞、親族のことが気にならなかったはずはない。神山の歌は、そのことをよく示すものであったが、言うまでもなく、移民地への爆撃や進撃に関する疑問や懐疑など、あからさまに表現することなどできなかったであろう。戦時色が強くなるに従って、歌もその色合いを濃くしていく。

　寝不足のうからと出でし壕の外に突きささりたる弾丸二つ

一九四四年（昭和十九）九月号に発表された一首。神山南星の『アララギ』における戦前詠歌はこれで終わる。

○

『アララギ』に数多くの作品を発表した沖縄出身の歌人三人は、それぞれに「癩」で、沖縄を離れて療養所生活を余儀なくされていた病者たちであった。「癩」という病気が、いかに見られていたかは城山の歌「療養所にもゆけぬ病友《とも》らが海浜に集《よ》りて住まへり追はれしがごと」からでもよくわかるが、何よりも、彼等が沖縄に居られなかったことに、それはよくあらわれていたといえよう。

城山と並木は熊本で、並木と神山は鹿児島で、ともに過ごしている時期があるが、お互いがどの程度に関係があったかわからない。ともに『アララギ』の歌について語る時があったかどうかも不明だが、三者三様とはいえ、彼等が短歌を心の支えにして、療養所生活を送ったことは間違いない。彼等の歌は、言うまでもなくその病と関わりのあるところから歌われたものであった。そして、彼等の歌の場は、熊本であり鹿児島であった。快癒して療養所を出た後も、大阪や兵庫に住み、そこを歌の場とした。彼らは、沖縄にいて沖縄を歌ったのではなかった。

『アララギ』には、彼らとは反対に、沖縄にやってきて沖縄を歌ったのがいる。

淡路より移り住み来し沖縄の暑さも思ひし程にはあらず
榕樹の木陰の道を歩みなれ沖縄に夏を迎へむとすも
清らけき海の色かも珊瑚礁の薄緑の藻のすき見ゆる海

一九四〇年（昭和十五）九月号に発表された佐々木兼義の歌である。那覇を肩に付した佐々木が沖縄出身者でなかったことは「淡路より」の歌からわかるとおりであるが、彼は沖縄を素材に翌十月号には、

台風の去りたる夕の海の涯に日は赤々と入りたりにけり
風速四十米うなりを立てて風吹けば降りしく雨は白く飛ぶなり
首里王城正殿の甍の龍頭を打仰ぎ見れば青雲近し

と歌っていた。しばらく間をおいて一九四一年（昭和十六）五月号には

圧搾機に砂糖黍の押込まるるや白濁の液ほとばしり出ず
南の島に来りて花匂ふ美しき少女に会ひにけるかも

といったような歌を発表している。
沖縄の景色、気候、旧跡、産業、容姿そのことごとくが佐々木にとっては新鮮に映ったのである。そのような沖縄を、沖縄を離れていた者たちも思わないことはなかったであろう。彼らはしかし、それを手放しで歌うことが出来なかった。病者たちの不幸が、そこにもかいま見られるはずである。

2 『水瓶』の歌人たち

一九二八年（昭和三）八月号『水瓶』[19]は、「鹿児島支社便り」として、「鹿児島県の文芸熱は相変らず盛なものにて候」と始まる、次のような一文を掲載していた。

鹿児島県の文芸熱は相変らず盛なものにて候。歌壇に於ては、各中央結社の支社を始め二十有余の結社それぞれ歌会を開き、市部に郡部に学校に商店に、素晴らしき景気にて候。老人のみの会、子供のみの会、女のみの会、医者のみの会、弁護士のみの会、学生のみの会、商人のみの会、毛色変つた所で坊主のみの会、思想団体の会等々。いづれも勝手な熱を吹き捲り、その勢当たり難きもの有之候。その中心をなすものは、百余名を擁する水瓶支社にて、同人それぞれ「草笛」「渚」「峯雲」「野道」其他の雑誌を月刊致し居り、収穫見るべきもの有之候。(中略)。

創作、アララギ、覇王樹等の支社や新樹、青磁、雀等の結社の老人組に対抗して、水瓶支社は若者揃ひを以て鳴り申し候。されば歌会も利己を越えた家庭的親和に満ち満ちたものにて、批評と来ては、鮎の如く新鮮に溌刺に、丸太の如く単純に素朴で、又勇敢なること獅子の如く、峻烈なること暴風の如し。一の妥協も許されず候。されば気の弱き婦人などただの一遍で震ひあがり、もう二度と出て来ないといふ様なことも珍しく無之候。

井泉水、碧梧桐氏等の唱導する新傾向句の作者に若者少く、早くもその将来を危ぶまれるの今日、翻つて洋々たる短歌生命の前途を思ふ時、自ら胸も欣躍止め難きものを覚え申し候。

されど吾等は全人的態度にて、もつと時代に目覚むべく、弘き意味に於ける文壇を識るべく、「食はず嫌ひ」は最も卑怯なる逃避根性として極力排斥せねばならぬものにて候。歌以外のものから逃避する事に依つて、歌を小さく固まらしてはならぬと思ひ居り候。社会と自己との関係を鋭角的に覗いて行つて、その接触したものを立体的な深さに生かす所に、吾等の明日の短歌の方向は展開さるべしと信じ申し候。時代逆行的アララギは早く抛棄したきものに候。


和田猛記になるものである。和田は、そこで、有力な短歌結社は各地区に支社をもっていてそれぞれに活動しているが、鹿児島では『水瓶』支社が最も活動的であること、そして『アララギ』はすでに過去のものであると主張していた。『アララギ』に対する批判は、時代の風潮とでもいえるものであったし、「社会と自己との関係」という短歌における社会性の主張もそう新しいものではなかった。和田のそれは、時流にのった時評であったといっていいが、和田の「便り」をあえて長々と引いたのは、「各中央結社の支社を始め二十有余の結社」がそれぞれに歌会を開いているという鹿児島短歌界の隆盛ぶりをしめす報告と、あと一つには、同人たちの活動について触れた箇所の、批評が峻烈で、ために「気の弱い婦人など」は一遍で震えあがり、二度と出てこないといった例もそう珍しいことではないという報告がなされていたことによる。

新屋敷鶴子は、沖縄と関係があるのではないかと思えるが、彼女は「気の弱い婦人など」ではなかったようである。

「鹿児島支社便り」は、「便り」の後に「五月第四例会五月二十五日鹿児島新聞社楼上席題『兄』として同人たちの歌を並べてあるが、そこに新屋敷鶴子の

もがん豆背高くのひて初夏の空にもとどく勢の見ゆ

があり、そして「六月第三例会六月十五日」の席題「散歩」にも

友の来る五月五日はカンバスに向ひてうれし鳥の来鳴くも

があった。

新屋敷は、「鹿児島支社例会」の常連で、主要メンバーの一人であったと思われるが、一九二八年（昭和三）十二月号に掲載された「鹿児島支社便り」の「牧暁村氏文芸功労感謝の会」[20]を最後に彼女の名前は見えなくなる。

新屋敷のあと『水瓶』に登場する沖縄と関係がありそうな姓を名乗っているのに伊波久良がいる。

昼の陽を黒きころもの背に受けて僧歩み行けり寺のしづけさ
憩ひたる茶店の庭の古桜蕾大きくふくらみにけり
落葉しきて湿る山道おちこちに蕗の薹は長く伸びていに晃
起伏する山のつらなりはろかなり尽る所に海光る見ゆ
爆撃機のプロペラーの音勇ましも非常時日本の神経を刺激す

一九三〇年（昭和八）五月号に発表された五首である。五首には、これといって沖縄を感じさせるものはない。伊波が、沖縄にいたのでないことは、次のような歌からも明らかである。

澄み通る板敷川の青き淵に影うつしをり高きつりばし（一九三三年七月号）
天龍の川原は広し砂利運ぶをちこち人のすがた小さし（同年同号）
はるかなる明石の山脈日に映えて夕立の後はあざやかにみゆ（同年十月号）
軍艦旗かすかにゆれてかげおとす三河の湾のしづかなる昼（同年同号）

一九三三年に発表されたこれらの歌は、それぞれに、沖縄を遠く離れた地域を歌ったものである。翌三四年（昭和九）二月号に発表された「ほのぼのと朝霧はれゆく阿部川は真白き砂の長くつづける」他三首が、「駿河の国の旅」の詞書きをもつように、一九三三年の歌も「旅」の歌であった可能性もある。その「旅」は、しかし、沖縄から出て来た旅であったのではないようである。三四年三月号に「帰郷」として、

かけひより落ちたる水の枯草に氷りてつけり白く光りて
赤き実を重たくたれし南天の厚き葉先に光る白霜

の二首がみられる。伊波の帰郷先は、暖かい沖縄ではまず考えられない水が凍ったり、植物の葉先に霜が乗っていたりするといった地であった。「帰郷」二首からすると、伊波の父親はともかく伊波自身は、沖縄とほとんど関係がなかったと見たほうがいいのかも知れない。

伊波久良のあと登場してきた、徳永生萌や石川義重はどうだろうか。

こほろぎのまだ啼き残る暁天の甘蔗畑道はだしにて来つ——の作者下御領義盛氏に和し、ひえ澄みし山をのぞみては朝な（あ）さなまなこうるませわがふるさとを恋ふるをつぎつぎに朗唱して

暁白む甘蔗畑道馬追へば尻輪さや鳴る秋のふるさと
ひえびえとしとるる裾をはし折りて人がゆきたり甘蔗畑道
甘蔗《きび》畑にまだ鳴き残るこほろぎをききてきにけり磯山に出づ

一九三五年(昭和十)十二月号に発表された徳永の七首のうちの三首[21]。甘蔗のある風景を歌った歌である。同じく、甘蔗と関わる歌を歌ったのに石川義重がいる。

甘蔗搾り、幼き日の追想
時雨ふる溶岩《らば》坂がくり島の子の甘蔗馬曳き下りてゆきぬ
一所を廻り続けて飽くことなし甘蔗《きび》搾る牛の目かくしをせる
甘蔗搾る牛に曳かれてかへる径溶岩《らば》坂径に夕陽あかるし

一九三八年(昭和十三)一月号に発表されたものである。石川は三八年三月号に「一年ぶりに帰省す」と詞書きし「糠漬を奨めつつ母がしみじみと妻帯の話するはさびしき」と歌った歌を発表していたところから、故郷を離れて暮らしていたことがわかる。徳永も石川も同じく故郷を離れていて、故郷を歌っているのだが、彼らの歌に歌われた風景には共通するものがあった。それは、沖縄の風景といってもさしつかえないものである。しかし「甘蔗」は、沖縄だけで栽培されていたわけではない。甘蔗のある風景は、奄美のそれでもあった。

伊波久良のような例もあれば徳永生萌や石川義重のような例もあった。次に登場する大城秀一も前者の例に入るのではないだろうか。

氷り水ふちにのこして野火止の用水あはれすみて流るる
やはらかき土をおこして霜ばしら桑畑くまはひそかなりけり

ひねもすを麦ふみふみて百姓のをみなのほほが赤き愛《かな》しさ

一九三八年五月号に発表された十首のうちの三首である。これらの歌が、沖縄の風景でないことは明らかである。

○

『水瓶』で、最も多くの作品を発表したのは比嘉真徳である。

熱とれて起居安けき明暮れはやせたる腕もなぜつ和める

はつらつと現地に働き居る友の便りを読めばむなし病む身の

退院もまぢかに迫る朝夕は心とどのひたのしみて居つ

臥す吾に御歌給ひし御心をかしこみにつつ戦友《とも》に知らすも

浅宵を窓にしよりて眺めする心はいたく淋しみて行き

敵陣のま近に進む我隊の兵らはなべて黙り伏したり　前線回想

命死す心をきめてゆく吾は唯敵兵をきりたきに燃え

一九三九年（昭和十四）十二月号に発表されたものである。『水瓶』への比嘉の登場は、前月十一月号に発表された「病む吾を慰めむとて贈られし花束すがし我が枕辺に」他四首に始まる。十二月号七首も同じく、「病む身」を歌ったものであったが、それらは、前線から後送され、入院している病院で読まれたものであろう。

比嘉は、どの戦線で「病む身」になったかについては触れてないが、三九年三月二十日から始まった南昌攻略作戦には参加したのではなかろうか。三月二十六日武昌、二十九日武寧を占領し、浙かん鉄道を破壊した南昌攻略作戦は、日中両方に多大な犠牲者を出した戦いであった[22]が、そこに沖縄出身兵士の属した第六師団も参加していたからである。

一九三七年（昭和十二）に始まった日中戦争は、次第に泥沼化しつつあった。

国鎮む神なりましし靖国の御霊に比べむなし病む身の
濁水を仲好く飲みし彼の戦友《とも》は御霊となりて靖国に祭らる

一九四〇年（昭和十五）一月号に掲載された六首のうちの二首。「靖国」が、いかに見られていたかをよく示す歌である。

五年振り故郷の土を踏みたれば静まらぬ心しばし惑へる
廃兵となりし嘆きを胸に秘めむかへる人に強ひて微笑む
軍籍を退きし淋しさ故郷にしみじみ思ふ今日も暮たり
暮方を馴れぬ我が家に落付けば地虫の声に淋しみて居つ
呉宛の軍衣一着を還納に行きて帰れるさぶしさとなる

一九四〇年二月号に掲載された五首。病気が癒えて故郷に帰ってきた時のことを歌ったものである。

「五年振り」の歌に歌われた戸惑いは、何によるのだろうか。二度と故郷の地を踏むことなどないだろうと思っていたのに、戻ってこられたということでわき起こってきた嬉しさを押さえかねたということなのだろうか。「靖国」を念じながら、そうでないものがあったことで生じた思いを現したものなのだろうか。一連の歌は、帰省によって生じたある種の後ろめたさを歌ったものであったといっていいだろうが、故郷というもののもつ不思議さを思わせる歌である。

征きてより三度《みたび》の元日味はうとふ兄の便りにおのれ慎《つつし》む

征きし子の武運長久祈り終へしその夜を夢に母はねごと言ふ

子を持ちて明日の生活《たつき》に気を懸ける姉のしぐさも現実と観し

一九四〇年四月号に掲載された五首の中の三首で、戦時期の三者三様の在り方が歌われたものである。一見平穏に見える場所でありながら、戦時であることを嫌でもおうでも知らなければならない事態に直面させられる。そしてそのことに、それぞれがそれぞれの対し方をしていく、その様を歌った歌である。

四〇年六月号には「療養入所」として、

癒えむとぞひたに乞祈る吾なんぞ春陽すがしみ涙堪へむとす

草原を馳り興ずる患者《ひと》あるに不自由あはれとわれに花くれぬ

ひとときの恐怖症去り世を離《か》けて病ひ養ふ身は足れるがに

重傷の憂目を堪ふるこの時に友の手紙は責むるがに来つ
室外を行き交ふ人の足音をじつと心にかかはりて居る

の五首を発表。病気の再発で、比嘉は再び療養所に入所。以後、一九四二年（昭和十七）二月号に発表された六首の中の一首「大君のみ楯と死なむ雄心も隔離病舎におとなしく病む」まで、比嘉は療養生活を歌い続けて、以後『水瓶』から名前が消える。

比嘉の病気が、何だったかわからない。また、何処に入院していたのかも不明だが、彼は、そこで療養生活を送りながら、時代の動向をよく写す歌を発表している。

近衛声明の新体制と云ふ語は新聞を圧し将棋欄迄もあり（一九四〇年十一月号）
破損個所告げ来り行く看護婦の防空訓練騒しかりき（同年十二月号）
焼夷弾の放つ火花の闇に冴え息詰る時し命惜しまず　燈火管制（一九四一年一月号）
皇紀二千六百年奉祝式典も病み臥せりつつ過ぎて行く日か（同年同号）
爆撃機海を響《な》らせて飛び行きぬ吾もかつては海兵《へい》なりしかど（同年四月号）
午の街歩きてすがし渡欧せる松岡外相のニュース聞きつ（同年六月号）
支那事変四周年記念今日の日は晴れたる空が身を引きしむる（同年九月号）
整然と空を突き行く編隊は病棟《やね》越しにしてとどろき渡る（同年十二月号）
御稜威の下ひたぶるに征くハワイ沖戦果の報はかくもすがしき（一九四二七年二月号）

臥て見ゆる午前の空の編隊は何辺の方へ征くらむものか（同年同号）

比嘉の歌に見られる近衛の「新体制」「防空訓練」「燈火管制」「皇紀二千六百年奉祝式典」「松岡外相」の渡欧、「支那事変四周年記念」そして「ハワイ沖戦果」という言葉は、一九四一年から翌四二年にかけての時代の動向をよく示すものであった。比嘉は、時代の動向に眼を向けながら、今の自分は「生ける屍」（一九四二年二月号）だと歌っていたが、戦時期の病者が、いかに辛い思いをせざるを得なかったか、それはよく語ってもいよう。

比嘉の歌に見られるたった一首だけの沖縄を歌った歌。

世衰《ゆうどり》の御墓拝まめ洞門のうす暗き道に地水垂る音（一九四一年八月号）

比嘉は、沖縄を歌うことはしなかった。療養所にいて懐郷の情を歌うにしても、帰省後の生活を歌うにしても、そこに沖縄を感じさせるものは何もなかったといっていいが、たった一首だけ、しかも「墓」を歌ったのがあった。

「世衰《ゆうどり》」は、「浦添ようどれ」のことで、浦添城跡の西側から石畳の坂道を下り、「隧道を通ってアーチの石門（第二門）をくぐり」ぬけていったところに、岩肌を利用して築かれた陵墓で、英祖王と尚寧王が祀られている。比嘉が、何の為にそこに詣でたのかわからない。そこが、門中・一門によってなされる参詣行事のおこなわれる箇所でもあるところからして、比嘉も、何か同様な行事に参加して快癒祈願をしたのだろうか。

沖縄を歌ったたった一首の歌が、陵墓を歌ったものになっているのは、特別な意味があるようにも思えるが、少なくともこの一首は、比嘉が沖縄と関係があったことを示す唯一の証拠となるものであった。

比嘉の名前が見える最後となった一九四二年(昭和十七)二月号『水瓶』[23]の「通信」に、「新入社友」として、石川正清を紹介者に神村朝堅の名前が見えると共に、「東京一月例会」の例会歌の中に、

　おほかたの学生《ひと》のするごとわれもまた甘きものほしと母に文書く

と歌った、彼の歌が一首見られた。

『水瓶』一九四二年二月号は、巻頭に「宣言」として「畏くも宣戦の大詔煥発せられ　御稜威の下方に一億国民決然として曠古の大業に参す　国民精神の発揚は戦勝の重大なる素因にして吾等歌人の責任甚だ重きを加ふ　茲に決意を強固にして協力一致愈ゝ　短歌報国に邁進せむ事を期す　右宣言す　大日本歌人会」を掲載、「後記」はそれを受けて「これは会員だけのことではない。国民精神昂揚のため、日本文化建設のために、社内の諸兄姉の決起せられむことを願ふ次第である。尚同会では、全国から広く、愛国短歌を募集して、大本営陸海軍部に献納することになつた。第一回締切は一月二十日までであるが、臨時御送稿ありたい。規程を左に掲げておく」として

一、大東亜戦争を歌つた短歌（新作に限らず）

一、官製はがきにて一人一首

一、応募資格　本会会員たると否とを問はず。
一、住所氏名を明記すること。氏名には仮名を振ること。
一、宛所、東京市板橋区板橋町六ノ三四三二　大日本歌人会宛のこと。

と、「愛国短歌」募集規程を出していた。また「後記」は、最後を「余白がありさうで一言するが」として、「大東亜戦争の短歌が当分雑誌を埋めることと思ふが、どうかこの感激に溺れることなく、永く鍛錬してきた手腕を此際十分に発揮して貰ひたい。一月号の諸歌誌や新聞其他をみると、まるでうは言を云つて熱にうかされてゐるやうな作品も随分先達の方々にも見受けられる。お互にしつかりと腹を据ゑて、千載に伝へる作品を念じてほしいものである」と、締めくくっていた。

一九四一年十二月八日、真珠湾攻撃のニュースは、「愛国短歌」募集規程の出た同号に掲載された加藤将之の「快報来！」に「八日快報来の感激は、九日に、十日に、次々と来る驚異的大勝の快報によつていよいよ高められるばかりである」というように、国内は言うに及ばず、中国にいるものたちまで、狂喜乱舞の状態を出現させた。それが「宣言」となり、「愛国短歌」募集になっていく。一月号から短歌雑誌をはじめ新聞は、「熱にうかされてゐるやうな作品」が並んでいたが、「宣言」や「愛国短歌」募集で、いよいよ戦争詠が溢れていくことになる。[24]

神村の登場は、そのような「愛国短歌」が競って作られていく状況の中であった。神村も当然そのことを知っていたはずだが、その登場を飾った歌がそうであったように、彼は、戦争詠にそう熱をいれた様子がない。

帰省せるわが為母のいそいそと供応し給ふみ肩はほそし

父上もまたその父も歌を詠むことのありきと何かわびしき

会計のやつがあやしとさわぐ声書読むわれの耳に入れり

一九四二年三月号に掲載された三首である。彼の関心は、その多くが母や父にあったように思える。

東京の水によく合ひ二貫目も肥えたりと先ず父母に云ふなり（一九四二年五月号）

御いびき聞けばせつなしわが足を父のみ足にそつとのせたり（同年同号）

借金に窮したる父は鶏小屋のとりを見つめて佇みて居り（同年同号）

いささかの酒めしまして黄疸となる父上のみ年を思ふ（同年七月号）

麦刈りにいたくあれたる御手をもて盲ひたる子に母は文かく（同年八月号）

盲ひたる子を思ひやり目隠くして眼を馴らすてふ防人の母（同年同号）

離りゐて五年ぶりに逢ふ叔父はわが父よりも老ひ給ひけり（同年九月号）

貧しさにありても母は丈夫の友のあそびの銭をたまひぬ（同年十二月号）

神村朝堅の登場は、十二月号で終わるが、彼は母を詠んで登場し、母を詠んで退場していったと言えるほどである。勿論彼にも時代と関わる歌がなかったわけではない。

沈みゆきし敵艦隊は新式なりと云ひて過ぎ行く子等の面映ゆ（一九四二年三月号）

しんとして静まる靖国の社頭の遺児の顳顬《こめかみ》かすかに動ける（同年六月号）

死は易し死を得るは難し死を得たる九軍神を称へざらめや（同年七月号）

神村にもそのようにわずかながら戦争詠があるにはある。一九四二年（昭和十七）三月三十一日付『朝日新聞（沖縄版）』は「父英霊に誓ひの対面　靖国社頭に胸震ふ遺児部隊」の見出しで、遺児一行二十八名の靖国参詣の様子を伝えていた。「しんとして」の歌は、その時の様子を歌ったもののようにも思える。[25]肉親との関係を詠むことだけで自足させなかった時代の厳しさが、そこにはあったことが見て取れよう。

神村朝堅のあと、神山健至、久高安雄といった沖縄と関係のありそうな名前が見られるが、彼らの『水瓶』誌上への登場は二、三回程度のものである。

『水瓶』は、『アララギ』のように作者の肩に出身都道府県名を記してない。それゆえに、これまで取り上げてきた歌の詠み手たちが、沖縄出身であるという確証はまったくない。彼らの名前が沖縄と関係がありそうだと思われたことで取り上げてきただけである。反対に、沖縄出身でありながら、沖縄では珍しい姓名であることから、取り上げることの出来なかった詠者もいるはずである。

3 『心の花』の歌人たち

沖縄と関わる詠歌の数多く見られる短歌雑誌と言えば、多分『心の花』[26]に指を屈するのではなかろうか。それは、『心の花』に、沖縄と関わりの深い歌人がいたことにもよるが、何よりも沖縄を積極的に歌った歌人がいたことによる。その一人が尚文子である。

真白なる珊瑚のかけをしきつめし中庭に出でて月を眺めぬ
ほのぐらき廊のまがりかど奥女中の銀のかんざしが青白う光る
しづかなる夕べを一人廊下行けば昨日名をきゝし守宮《ヤード》が鳴くなり
町はづれ蛇味線のひくき音につれてほそぐ〵ときこゆ琉歌うたふ声
なまぬるき塩風に吹かれ浜を行けば千鳥むれ鳴く甘蔗《さとうきび》の畠に
内地語《ヤマトグチ》わからぬ娘ら手をやすめほゝゑみをもて我を迎ふる

一九三三年（昭和八）十一月号に「首里御殿賦」として発表された六首である。珊瑚礁のかけらを敷き詰めた庭、カンプーに差した銀の簪、守宮、蛇味線、甘蔗、内地語の話せない娘たちといったように、沖縄を訪れる旅行者たちに異風さを感じさせる対象に、尚も心をひかれているが、それは彼女が沖縄に育たなかったことと関係していよう。

尚文子の作品が『心の花』に現れるようになるのは、一九三二年（昭和七）七月号からであるが、そこに見られるのは次のようなものである。

ぽとりと黒い大地に紅椿落ちたる後はまた音もなし
紅椿ほぐれた蕾の黄いろいしべほのかに見えて朝は明け行く
春なれどひえ〴〵として那須山の山の気の吾がはだに迫りく
渓流は青くよどみて淵をなし八汐つつじの影うつり居る

「紅椿」として詠まれた四首。

その後「若葉」五首（八月号）、「模型飛行機」七首（十一月号）、「猫」三首（十二月号）、「蝋梅」三首（一九三三年二月号）といったように花や木、弟や妹を歌った歌を発表してきた後、少し間をおいて先の「首里御殿賦」六首が現れる。その後も「日本髪に結ひて」四首（一九三四年二月号）、「歌舞伎座にて」三首（三月号）、「中宮寺」四首（四月号）、「旅の歌」五首（五月号）、「砧村」四首（七月号）、「日記の歌」四首（八月号）、「文鳥」九首（十二月号）、「母」五首（一九三五年二月号）とほとんど間をおかず歌作に熱中しているが、芝居や旅や学園生活そして母が歌われ、その間沖縄に関する歌はみられない。

尚文子が、積極的に沖縄を詠んだ歌を発表するようになるのは一九三五年五月号「琉球にて」十一首からである。

ゆうなの花さきそろひたる朝の道人力車は早もならべられ居り
早くより車ならべて客をまつゆうなの蔭の車夫のたまり場
南《みんなみ》のあつき風吹く白き道早やしぼみたるゆうな散りゐつ
山腹の大き墓原夕ばえせりこの一村もしづかにくるるか（南島にて）
しつくいの割目に生ふる夏草もあはれなりけり海近き墓
龍眼の一葉も動かず風なぎてやもりしきりに壁の間に鳴く
王城の石だたみ道水汲の女二人が影おとしゆく
夕づく日足場かかれる正殿の古りにし壁にあか〳〵と照る
裏町のをぐらき家にかんざしを翁はつくるもだしつゝ造る
作られし銀のかんざし二三本敷ござの上ににぶう光れり
専念にかんざしつくる老人は昔ながらにまげ結ひて居る

尚は、一九三四年（昭和九）九月号に「那覇入港」と題したエッセーを発表している。それは「十三年ぶり」に踏んだ故郷の印象を書いたものであるが、「上陸して第一に感じたことは、色彩が濃厚なことであつた。常夏の国に来た事を強く感じた。人家は低く屋根の瓦は皆赤瓦で丸くしつくいで固くかためてる。風が強い為である。服装も言語も東京とはまるで違つてゐる」といい、「首里は那覇の東約一里余の丘陵上にあり、自動車で十五分位で行かれる。途中女の人に沢山会つたが、皆荷物を頭の上に載せ、手にもつてゐる人はほとんど見当らない。道端には榕樹やパヽイヤ、バナヽ、あだん、龍舌蘭が生えてゐて、私は大いに植物熱をそゝられた」という。続けて「首里の町の略ヽ中央に祖母の家がある。門を入ると一面に珊瑚のかけらが敷きつめてあり、歩くとちやら〳〵と快い音をたてる」と書いていた。

尚は、エッセーの最後に（七月十六日）の日付を入れていた。それは一九三四年の日付で、彼女の「十三年ぶり」の故郷訪問は、一九三三年十一月以前のことであったはずである。三三年十一月号に発表されていた「首里御殿賦」一首目の、敷き詰められた珊瑚のかけらの歌も、五首目の言葉に関する歌も、「那覇入港」に見られるからである。尚は、長い間暖めてから「十三年ぶり」の沖縄を書いたと思われるが、一九三五年一月号には、また「琉球の芝居を観る」と題したエッセーを発表している。

尚文子を芝居に連れていったのは尚順である。彼女は、劇場の粗末さ、無秩序ぶり、舞台の貧弱さに驚くが、そこで演じられている芝居や舞踊は、環境さえ整えば「郷土芸術としてほこるに足るもの」になるであろうと書いていた。尚が、その日観たのは、「天岩戸」「恩納節」「万歳」「天川」といった踊りであり、組踊「執心鐘入」である。その時舞台にあがった真楽座の役者たちについては不明だが、尚には、いささか物足りなかったように見える。とはいえ「日本の端に近い島の芝居にも面白味はある」とそのエッセーを締めくくっていた。

「琉球にて」のあと「南島の歌」として

櫂そろへ舟足早きくり舟は黒潮の上をすべり出でたり

名瀬の湊いそ〳〵として荷物かかへ船おるる娘《こ》は島人の娘か

紬うりの男と共にさだすぎし女すばやく船にのりくる

甘蔗つめる山原《ヤンバル》船は帆もあげず夕ちかき浜にたゆたひをるも

一九三五年六月号に四首、また、

たち並びお祓の間を黙しをれば崖下とほく潮騒きこゆ（波上神社）

よしずもる陽ざしあかるく古りにたる素がめの色よしその渋き色（首里の酒造る家）

くもの巣を気にしつつ古き酒がめの間をゆけばつよき香のする

覚えたる沖縄ぐちをただ一言いへば子供らさざめき笑ふ（町の子）

町の子がつみてくれたる紫のやさしき花は本にはさみぬ

王陵は昼たけにけり夏草の高き葉末にねむる白き蝶（極楽山）

島の道暑き日よくる機小屋のかたへに白き浜木綿の花（奄美大島にて）

八月号に七首、さらに、

芭蕉布のきぬひんやりと夕風を肌におぼえて夏も終れり

河瀬よぎりのぼる山道猪の足あときゝて心をのゝく（源河の山奥に植物採集にゆく）

石垣を洗ふ夕潮夜になりて庭まで入り来台風は近し（北那覇）
おそろしき台風のあとさとうきびなぎ倒されし畠道を帰る（首里へ帰る）
紗綾のふくさの上に魔よけとふ芭蕉の結び葉つゝましうのれる
横ぶりにふりしきる雨変葉木の葉の紅を流すごとし
雨やめばまたてり強き昼の日に龍眼の葉のつやつやしけれ

一九三六年（昭和十一）二月号に七首というように発表している。

尚文子の沖縄詠歌は、それだけではない。一九三五年十二月号には「南国の歌」として、

手まはりの荷物かたしてもて来つる龍眼はめばあまき香のする
台風のすぎたる庭にりんがんを折る音しきり空は秋晴
御寝廟の戸もまだあかず部屋にゐて心しづかに朝の茶をくむ
道の辺の扶桑は明し海はれて那覇に入りくる船いくつ見ゆ
海近き市場の賑《にぎはひ》さつま芋冬瓜は日傘のもとにころがり
はたくと緞帳夜風にはためけりとび出だしくる獅子が待たるゝ
月高しをどり狂へる大獅子の赤き毛白き毛ふさくとゆれ
すきとほる夜気ゆるがして獅子舞のどらは森のかなたに流れ
硝子戸をくれば柱のまよけ護符ふきぶりの雨にしつとりとぬれ

ゐ草干す糸満の町雲ひくうたれこめて海は白う波だつ
道の辺にゐ草は青し琉球馬が小さきかげを落しつゝ通る

の十一首を発表していた。

「南国の歌」は十二月号に発表されていたが、十一月号に「沖縄にて」という、尚の書簡が見られる。尚は、型どおり、沖縄も秋らしくなったという時候の挨拶からはじめ、「台風に二度ほどあひましたが、中心が外れ、無事でございました。昨日は十五夜で、汀良町と申します所の獅子舞を見にまゐりました。どらの音につれて長い毛を生やした獅子が首をふり、ふしまろび、月の光を浴びてをどり狂ひます。／これは人が二人入つていたします。獅子の毛は赤、黄、茶などの色どりで郷土色ゆたかなものでございました。南の国の月は実にきれいで何とも申されません。薄や秋の草はございませんが、琉球松の梢にかゝつた月はまた違つた趣がございます。こちらでは、十五夜には綱曳や村芝居などいろ〳〵な催をして楽しむのでございます」と書いていた。

「南国の歌」は、「沖縄にて」に添えられていたのではないかと思われても不思議ではないものだが、尚の「昨日は十五夜で」という、この「十五夜」は、何年の十五夜であったのだろうか。「沖縄にて」も「琉球の芝居を観る」や「那覇入港」と同じ時の体験を書いたものだったとすると、一九三三年ということになる。もしそうだとすれば、その時の沖縄の印象がよほど強烈であったということになる。

「南島の歌」「南国の歌」の他に尚は、「沖縄島風物」として

水を汲む音ほがらかにひゞきゝて御殿の朝はあけわたるなり
汲みたての水はつめたし朝やけの雲をうつして瓶にみちみつ
水汲めば水一ぱいの朝やけ雲いくつにわれてあかくゆらぎぬ
王城の石だゝみ道水汲の女が二人影おとし行く
夕風にさそはれ出でし草原の野椰子は白き花もたりけり
台風のすぎたる庭にりんがんを折る音しきり空は秋晴れ
おたがひに話す言葉のわからねばたゝほゝゑみて城の道ゆく
うなりつゝ角つきあはし又はなれたやすくは戦はず此の大き牛

八首[27]を、一九三六年三月号には「綱引」として

酒つくる家もひつそりとひるたけたる此の三箇村《さんかむら》に扶桑は赤し
古びたる畳の上にくつろぎて黒砂糖の甘さかみしめて居り（茶園の御殿）
海近き村の祭と若者が朝早くよりどらたゝきゆく（祭）
石垣のくらきにのぼり応援の口笛ならす村の若人（綱引）
応援の口笛は闇に乱れ飛びいづれも強き村のつな引
もえさかるたき火の前にかげのごと媼はをどる身ぶり奇しくも

王陵に詣でし帰さ浦添の赤土山に小松などひく
海岸のうね〳〵のびて細長き島国はのどか秋の日にねむる（弁が岳にて）
八首。六月号には「まが玉」として
いく千年今帰仁《なきじん》村につたはれる大きまが玉の見の珍らしさ
村の子ら道の辺にたちてわがどちの大かすがひをいぶかしみ見る
うや〳〵しう長う媼はいのりつゝ箱ゆとうでつ大きまが玉
線香の煙よどめる小屋ぬちにわれらもをがむ大きまが玉
日の光一すじさし入る小屋ぬちに破れたる箱のひつそり置かれ
釣るといふ思ひも忘れ珊瑚の間に餌をつゝきをる魚をめず（小湾《こわん》にて）
岩の間に帯びしめたやうな魚一つ追ひかけ追ひかけ潮はみち来ぬ
黒々とそてつ群がり生ふる原まがりくねりて道のはるけさ
八首を発表し、『心の花』誌上での沖縄詠歌は終わる。
沖縄のことが、尚の心をとらえてはなさなかったのは、一九三三年から三六年にかけての沖縄詠歌からもうかがえるが、「那覇入港」「琉球の芝居を観る」「沖縄にて」に続いて、その後さらに一九三六年五月号に「南島小記」を書き次いでいることにも現れていよう。
「南島小記」は、「獅子舞」「南島の花」の二章からなり、「南島の花」には「1、美人蕉《ひめばせを》」「2、扶桑花」「3、ゆうな（おほはまぼう）」が収められている。「獅子舞」は、「沖縄にて」でも触れていたことをあらためて詳しく書いたもので、また「南島の花」の中の扶桑とゆうなは歌にも詠んでいたが、歌ではどうしても伝えられないものがあったのであろう。

尚は、首里近郊及び尚男の別荘のあった浦添小湾や芝居小屋のあった那覇界隈だけでなく、遠く本部半島の今帰仁や国頭・喜如嘉あたりまで足を伸ばしている。それは単なる短歌遊行、行脚といったものではなく、やがて沖縄との長い別れになることを知っていたからに違いない。

一九三六年九月号『心の花』は、その「消息」欄に、「尚文子氏は、歌集『中城さうし』を上梓された」と刊行案内を出すとともに、刊行広告も出していた。その広告文は「文子は東京に生れ、東京に育ちましたけれど、なほ沖縄を故郷と思ふ人です」と始まり、

沖縄に行つたのは前後四回、昭和八年の夏には一家うちつれて帰省し、一月余りを首里の御殿で、昔ながらの伝統なつかしい生活に親しみました。その二年程前より、竹柏園の門をくぐらせて頂いてたので、師の君の御言葉もあり、島のもの何くれを、せめて心にとめて見ようといたしました。帰省後それを、師の君に御目にかけると、一冊にまとめてはとの御言葉を給はりました。母は未だたどたどしいもの、も一度もお国へいつたらばなど、申してゐましたが、いまやがて、此の家をいでて、新らしい生涯に入るべくなりましたので、この南の島の由緒深き家のをとめと

して、その島をうたつたものを、とにかくとりまとめて家に残し、また縁ふかき島への贈りものにしたらばと、師の君の御言葉にまかせ奉るのでした。

題名とした中城は、古来琉球国世子の居城でしたが、維新後は引つづき、祖父母君が住まはれ、文子たち帰省の折は、またそこに起居する慣はしでした。いま此集を出すにあたり、思ひ出深きその名をとりました。


で終わっている。広告文は『中城さうし』に収められている、津軽照子の「あとがき」の一部をつないで使っていた。

尚文子の歌集『中城さうし』は、津軽のそれからわかる通り、一九三三年、一家で帰省、およそ一ケ月祖父母のいる中城御殿で起居した折りの見聞を歌にし、文章にしたのを、佐々木信綱の勧めにしたがい上梓したものであった。

一九三六年十一月号『心の花』は、「『中城さうし』批評・感想集」を特集し、七十六名のそれを掲載している。批評・感想は、「得がたい愛郷の賦」[28]ということで一致していたといっていいだろうが、沖縄出身者には「吾吾県民としての喜び」[29]として受け取られた。

新村出は、『中城さうし』を「南島稀代の書物」とした上で、「殊に殿中の旧慣古礼と島内の民俗行事とを、異常につつましやかな、しめやかな、而も簡潔な敬虔な印象鮮かな筆致を以て描写せられ、沈痛ではあるが決して哀傷に陥らざる程度の、なつかしいゆかしいしとやかな態度を何処にも此処にも示されてゐることは感服して措く能はざる所である。あくまでも典雅と優麗とを失はず、遥かに時流に卓越して、毅然として郷土のとはにうるはしき一切を、山川草木を、禽獣虫魚を、くり舟も曲玉も、櫛もかんざしも、蛇皮線も胡弓も、蒲葵団扇も煙草盆も、紅型《ビンガタ》も紬も、あらゆる器財あらゆる服飾、眼に触れしそれぞれ、韻律に散語に、記録されざるはなき有様である」といい、「一種清新な中山伝信録の詩的再生とも申さば申せよう」と書いていた。

歌集刊行後というより、「まが玉」八首以後、沖縄に関わる歌は見えなくなり、尚文子の名前も一九三七年（昭和十二）二月号「白ばら」六首を最後に消える。そして一九三八年（昭和十三）九月号に「吾子」として、

生れ出てむ吾子のことども語りあひて楽しく祝ふ初春の膳を
幾度かとりいだしみるかんとり草の産衣の藍のあざやけき色
かんとり草の産衣も揃ひぬすこやかに生れいでよとひたにねがはる
あゝ母となりにし朝のよろこびは泉の如く胸にあふるゝ（一月二十二日）
目のふちを赤うそめし犬張子枕辺近う吾子を見守る
ひらひらと飛び交ふ蝶にも目をとめて吾子はづつしり重さを増しぬ（七月三十日）
蝶々のひらひら舞ふをつぶら目にぢつと見守るあかるい庭に

七首を、井伊ふみ子の名前で発表していた。

津軽の「あとがき」に「いまやがて、此の家をいでて、新らしい生涯に入るべくなりましたので」とあったように、尚は結婚し、井伊姓に変わり、一九三八年一月二十二日には出産、母親となり、「吾子」をめぐる歌で、再登場する。

井伊の「吾子」七首が掲載された一九三八年九月号は、「報告」に、「左の諸氏は入会せられたり」として、五名の名前を出している。その中に「沖縄　島袋全発」の名前が見える。

島袋の歌が誌上に現れるのは、一九三八年十月号からである。

きらきらし入道雲の下にして港のま昼馬群れつどふ
みいくさに征くとしきけば愛《かな》しくて見すぐし難し群れきほふ馬
埃くさき土のほめきにほひたち軍馬かたみに嘶き交す
遠祖《とほおや》は貢馬なりけむ大陸へ那覇の港をいま出づる軍馬
皇国の領にし生《あ》れてけものらも大み軍《いくさ》に従ひ征くも

「那覇港の軍馬」と題されて発表された五首。そして十一月号には

正殿を百浦添または唐坡風ととなへしが今は沖縄神社の拝殿となり、国宝たり。

拝殿となりし唐坡風夕づけて影のくらきに拍手の音す
茶屋となれる中山王の常の御居間質素すぐるに心つつしむ

友と来て月の光に河鹿きくここは王家の御書院なりしか
そのかみの奥御書院の真木柱つややかに照れり軒端の月に
　組踊最後の名優玉城盛重翁齢古希を越え、舞踊と琴曲を教へつつ余生を送らる。
老いらくの笑顔しづかに名人は団扇つかひつつ古劇語るも（訪問）

の五首を発表。

島袋の出発を飾った「軍馬」の歌は、沖縄にも、戦時の影が色濃くなりはじめていたことを語るものとなっていた。そして、それは群れ集い、嘶き交わす声に現れているだけでなく、国宝である建物にも及んでいたことが知られる。正殿が、沖縄神社へと変わる時代に、伝統芸能も無傷のままにあることはできなかったであろうし、名人が、「古劇」を演ずるのではなく「語る」のは、必ずしも老齢であったがためではないであろう。

一九三八年十二月号から、島袋全発は、西幸夫のペンネームを使って、作品を発表するようになる。

出征の幟もいつしか取除き街なかの家ひそまりて居ぬ
北満の森を巣立ちて翔《かけ》りけむ指物鷹《さしば》の群も島に渡り来《く》
わだつみに浮べる島を白雲の飛びとぶ中ゆ見ましけむかも（淵上知事を迎ふ―飛行機にて赴任）
不知火の筑紫男《つくしをのこ》は真青竹《まさを》さきのさやけく事裁かすも

甘蔗畑《きみはた》をわたらふ風のさやさやと清《すが》しき秋をいや幸《さき》くいませ

「沖縄島より」五首。出征は、他でもなく日中戦争の為の召集によるものであったろうし、「北満」は、彼らの戦場となっているかも知れない場所である。季節の風物である「さしば」の渡りにも、戦場のことを思わせるものがあったのではなかろうか。

西が、県の要職にあった人であることは、「わだつみ」の歌からわかるが、多分そのためであろう、新知事赴任といったような、その時その時の出来事をよく示す歌を多く詠んだ歌人であった。

一片の秋の白雲そがひになし大鷹一羽輪をゑがきをり

提灯の光ながらふ人ごみの中にわがをり吾子の手をひき（祝勝行列）

武漢三鎮攻略祝ふ行列に琉装をみなは群れつゞかふも

幼児の教育資金のことをまづ書きし遺言状戦地より来ぬ

武徳殿いかめしく成れどここにして剣士鍛へん君いまさなくに

一九三九年（昭和十四）一月号に発表された「白雲」五首である。

「武漢三鎮」を攻略したのは、三八年。祝勝行列が沖縄でも行われ、琉装の女たちに混じって、西も子供を連れて参加したのである。戦地からの便りが、ただならぬものとなり、戦時の気配が、ひしひしと身近に迫りつつあった。

「白雲」五首の発表された誌上に、山城正忠の『歌集　紙銭を焼く』の刊行案内が見られる。

山城は、新詩社の同人で、『明星』『スバル』に数多くの作品を発表、沖縄歌壇の新時代をリードしてきた歌人であるが、歌集はそれらに発表した歌を捨て、一九三二年（昭和七）から三七年まで『冬柏』誌上に発表した二千八十余首から、七百六十二首を選び、刊行したものであった。「祝女のせし船を迎へて娘等が嵐の浜にをどる海神祭」といった沖縄の祭を歌った歌とともに「子を既にソ満の境にたたせたる従姉痩せたり嘆かざれども」といった、やはり戦時を彷彿とさせる歌を収めていた。満州事変から日中戦争へと、戦闘の拡大が、「子」を戦地に送っている家族を多くしていた。西の「幼児の」の歌も、同様のものであろう。

天づたふ真日うららかに照せれど海鳴いよよ鳴りとよむらし
沖つ辺の干瀬《ひせ》にくだくる白波の立ちあがる上を旅客機し飛ぶ
　註—干瀬は珊瑚礁のいくりなり
豚まろを車に積むとかつぎゆく男らの肩に冬の日暖けし（島の師走）
豚の叫びと男の声とまじりつつ晴れし冬空にひびきゐるかも
師走なかば島暖しかかる日は穴ごもる飯匙蛇《はぶ》も眼ざめつつをらむ
天づたふ日のかたぶけば沖つべに夕雲なびき真北風《まにし》吹き来も

一九三九年（昭和十四）二月号に発表された「南島通信」六首。南の島沖縄の師走の風景が歌われたものである。真北風が吹いて、肌寒くなったとはいえ、まだ結構暖かい日もあって、冬眠しているハブも穴を這い出してきはしないかと思われるほどであるが、師走はやはり師走で、正月の準備が始まっているのである。そして、迎えた元日、

　元日の昼は絵をかく友が来て春蘭の鉢愛でて帰りぬ

　波の音はひそけきものか村の衆と洋燈かこみて莫蓙しき語るに

　新しき年迎へつつ大陸の奥地にひろがる聖戦をしおもふ

　戦のきびしさ思へばありふりて銃後にただに歳重ね得むや

一九三九年三月号に発表された「南島より」四首。元日は、挨拶廻りに来たものと、蘭の話に花を咲かすといった例年通りの華やいだ気分がある一方で、中国での戦争の拡大化と、そこで正月もなく戦いに明け暮れている兵士たちの厳しさが偲ばれ、ただ手を拱いていることをふがいなく思う気持ちが一方にある。

西の作品は、そのように銃後にあるものの思いをよく現したものとなっている。日中の戦の拡大が、沖縄の地まで容赦なく及んできたことをそれは示すものであったが、日々の生活は、まだ平穏さを保っている。

　緋寒桜はや若葉する島浦も梅の節句と今日をほがへり（一九三九年四月号）

　玻璃戸閉す縁に日ざしのうつろへば豊歳蘭のかをりほのけし（同年同月号）

　蝕まれ枯れしときめし細枝をふとしも見れば新芽ふきをり（同年五月号）

春すでに青みわたれり見はるかす稲田の中に白鷺の群　（同年六月号）
崇元寺の下馬碑ひそけし門前に梯梧の花は咲きさかりつつ　（同年七月号）
ひとりゆく城下の町の昼ひそけし石だたみ道に虫は鳴きつつ　（同年八月号）
篠竹を持ちて草生に脛かくしとんぼ釣る子の声はあかるし　（同年十一月号）
おほ波のうち寄するが如凄き風荒れ狂ひをりこの真夜中を　（同年十二月号）
雪霜の降るならねども穂薄は北風《にし》にすがれて冬さびにけり　（一九四〇年二月号）
榕樹の繁みをもれてほがらけし目白高啼く春となりけり　（同年五月号）

沖縄の風物の一端を取り上げて歌ったものである。西は、そのように、沖縄の季節をしっかり読み込んでいった歌人であったが、彼の関心の幅は広く、伝統的な行事から古跡、古物にまで及んでいる。

つつましき鼓の音に手を揃へ里の老女ら輪をゐがき舞へり　（臼太鼓《ウスデーク》）（一九三九年六月号）
東《あが》り廻《まあ》り今帰仁《なきじん》詣でに次ぐ霊場伊波城趾に来つ巡礼ならねど　（同年同月号）
梯梧散る王廟の朝の井戸端に若僧語るかなしき伝説《つたへ》を　（同年七月号）
山門の階段《はし》をのぼればま昼まを暗きにいます十六羅漢　（円覚寺にて）（同年同月号）
風かをる御茶屋御殿《うどん》ゆ見さくれば王城の屋根の龍は小さし　（同年同月号）
古ゆ絶ゆらく惜しみつぎつぎに伝へ来にけむ調かなしも　（題湛水流工工四）（同年八月号）

八十あまり四とせ異境をさまよひて帰り来りし江戸与那《ゆうな》はも（同年十月号）

南殿の欄よ吹きいる風すがし檀に供へし三弦をわたる（同年同月号）

南殿の楼のま夏の昼の夢絃ゆ鳴り出でよ古歌のしらべ（同年同月号）

「臼太鼓」や「東り廻り」、そして「円覚寺」や王城、「工工四」や「江戸与那」といった沖縄を象徴する祭や行事や史跡そして宝物を歌った歌は、琉球文化への愛着によるものであろう。それのよく現れているのが、「江戸与那」に関わる三首である。三首は「三味線まつり」の題で、「安政二年浦崎親方の薩摩に献上せし江戸与那てふ琉球三味線東京の古本商に売物として出でたるを偶々東恩納教授購ひ携へて帰省せらる。即ち各家の名什を首里城内に集めて三味線祭といふを営む」との詞書きがついていた。「三味線祭」は、明治期にも盛んに行われた形跡があるが、戦時期にも行われたのであり、西には、感慨深いものがあったのであろう。琉球の文化伝統に対する西の愛着は、三味線に対するそれでもわかるが、西が、懐古趣味に溺れていたわけでないことは、これまで見た戦時詠や季節詠からでもよく分かるし、また日常の光景を歌った「笊を前に魚売女あらけなくあらがひをれど訛りわからず（一九三九年五月号）」にもよく現れていよう。西が、沖縄の現実をよく見つめていたことは、次のような歌からでもわかるはずである。

広野にし鍬は打つべしこの島は耕さむ野のゆたけからなく

桟橋の移民の群に朝雨はけぶらひ降りて梱《こり》を濡らしつ

悲しかる声はりあげて老い母は萎えし手巾《てさぢ》を移民船に振る（てさじは南島方言）
むら肝の心はりつめ沖つへの船をし見れど雨に煙れり

一九三九年八月号に発表された「南島の移民」六首のうちの四首。沖縄から、海外へ移民が出ていったのは、一八九九年。ハワイへの渡航によって始まるとされるが、以後ブラジル、アルゼンチン、ペルーといった南米の国々、フィルピンを始めとする東南アジアの国々そしてサイパン、テニアンといった南洋の島々へ、それこそ先を争うようにして島を出ていった。[30] とりわけ、大正末から昭和の初期にかけては経済亡国の好見本だとされたように、窮迫する沖縄は、移民の奨励に力を入れたことで、港は、移民船でごったがえした。呼び交わす声、打ち振られる「手巾」そして降り止まない雨、その港に繰り広げられる悲しみに満ちた別離の光景こそが沖縄の現実であったし、西は、そのような光景を見逃すことがなかったのである。

伝統文化への愛着と、現状への関心の高さといった、両面への柔軟な対応が、西の特質だといえようが、しかしそれは、何でも容認するといった姿勢とは、一線を画していた。

言霊のさきはふ国のみ民なりなどもの言ふと面隠しする
いきどほる心のほの吐出さむさかしきやからことごと寄り来《こ》

一九四〇年五月号に発表された「図書館移転」五首のなかの二首で、「ことばの問題に憤ることとありて」の詞書きが見られるものである。

柳宋悦の発言に始まった「方言論争」は、図書館長という、文化の向上を推進する機関の要職にあったものに、大きくのしかかってきたはずである。方言か標準語かに分かれて行われる論争に、西は憤っているが、それが、影響したのだろうか、以後彼の作品は『心の花』から消える。[31]

○

尚文子の沖縄詠から島袋全発・西幸夫の沖縄詠へといったように、『心の花』には、沖縄を詠んだ歌が、とぎれることなく見られたといっていいが、沖縄を詠んだのは、しかし彼らだけではない。他にも沖縄を歌ったのがいた。

敵飛行機襲ひ来らしも島かげの高角砲をつるべ放つ音（沖縄島にて）
天ざかる沖縄の海の島かげに此の望の夜の月をめづるも
久方の空あくまでも澄み渡れりこの望の夜の月のさやけさ
道ばたの子供ら挙手の敬礼す島めぐりする吾らに向ひ
珊瑚礁の高塀のうちどパパイヤの若木の青木すくすく並ぶ

一九三一年（昭和六）十一月号に発表された「演習、喜界が島、沖縄島」二十六首の中の五首である。

武井大助は、一九三六年（昭和十一）十一月号の「『中城さうし』批評・感想集」に「中城さうしを読む」として「昭和六年秋、軍艦陸奥に搭乗して、しばらく中城湾に滞泊したことがある。

演習の審判官といふ役目を持つてゐたので、ほしいままに上陸することも出来ず、僅かに、臨時に設けられた見張所や無線電信所の施設を見る往くさかへさ、眼新しい沖縄島の風物に接するに過ぎなかつたことは、今に遺憾に思ふところである。当時いく首かの拙ない作を得て、心の花へも掲げたことであるが、出来得れば公の役目を持たぬ旅を、再びこの島に試みたいと願つてをつた」と書いていたように、演習で、中城湾に停泊していて、その時に、想を得て歌われたものが、「敵飛行機」以下の歌であった。それらの歌に、沖縄らしいと思われるものがあるとすれば、多分「パパイヤ」を歌った一首だけで、そこにも「ほしいままに上陸すること」が出来なかった事情を読みとることができそうである。いつでも上陸出来、思うままに沖縄を楽しむことが出来ていたら、もっと別の形の歌が出来たかもしれないが、武井自身、それを残念だと思っていたのである。

武井のあとに登場するのは下村海南である。

赤瓦の軒並つゞく倉のやうな墓散らばれり船那覇に入る
泡盛の神酒いたゞきてかじまるの前にかしこむ波の上の宮
遠く来し旅人むかへて万座毛《まんざも》に風の声なし波の声なし
このあたり鎮西八郎の御宿か運天港は松風の音
田の畦も丘のなぞへも岩の上も野も山も谷も蘇鉄蘇鉄蘇鉄
沖縄のみんなみのはての珊瑚礁はひからまれるかじまるの若葉

せんだんの花紫に柿若葉まさをく匂ふいしぶみの前に（西郷翁謫居のあと）
旅人かれ生けるしるしありまれ人のあと今し訪ふ奄美の大島に

一九三六年（昭和十一）一月号に掲載された下村海南の「琉球の歌」八首。下村は、「逓信省貯金局長より台湾総督府民政長官を経て、大正十年東京朝日新聞社に入り」「言論界を指導」した人物で、彼も又、『中城さうし』批評・感想集」に「中城さうし」と題した文章をよせているが、そのなかに「僕は今から四十年ほど前に琉球をよぎつた。さらに昨十年の春、琉球から奄美大島の一帯を妻や子をつれて巡遊した。琉球では東は名護《なご》から本部《もとぶ》半島、支那まで、西は糸満から喜屋武岬の突端まで。日数は短かくとも著者文子さんよりも私の方がよけいにかけ廻つた事とおもふ」と書いていた。

下村が、尚より駆け回ったであろうことは間違いない。また、彼が、琉球の歴史や歌に興味をもったことも間違いない。

下村の後、登場してきたのに米山梅吉がいる。

この旅は瀬戸のながめもよそに遥か潮珠なす琉球をさす
喜界が島大島も見ゆ流謫てふ科今はなく人もなき世ぞ
ものがたり弓張月の国に来て首里の空にし望の月見る
六十あまり島をつなげる沖縄のオモロにのこる敷島のみち

鎌倉にたとへし国よ寛闊のうちかけ姿女人よろしも
垣なせる榕樹のかげに人きよら丈なす髪のかぐろくもあるか
大き亀の背ならで船は黒潮にのりてますぐに早も帰り来

一九四〇年（昭和十五）八月号に発表された米山梅吉の「琉球行」七首である。「弓張月の国」「鎌倉にたとへし国」「敷島のみち」といった見方からする沖縄は、日本の版図にあって、古き姿を残している国といったイメージが強く作用した結果によるものだと言えようが、それは彼が旅人であったことによる。

米山の後に登場するのが山口由幾子である。

うつつとも夢ともあらず潮路越えつひに来にける椰子生ふる国
沖縄島あれぞと指され船の上ゆみればうべ大き墳墓がみゆる
要害の戦のあともなつかしく石垣をもて築ける那覇港
石垣をめぐらす寺院のごとき家あまたみゆみな赤瓦葺き
がじまるの根につつましく寄生《やど》り生ふる浜木綿の白く繊き花びら
薔薇に似し芙蓉に似しもありにけり淡《とき》明色と紅に咲く仏桑花
花びらのきざみ細かなる仏桑花蕋は房なし薬玉のごとし
離愁なほいえがたけれどあえかなる仏桑花に寄れば少しなぐさむ

海岸にいでむと道を迷ひ入り墳墓群る岡にいでたり
近く小高き岡を縦にそぎ石もて築ける墓の大きさ

一九四一年(昭和十六)八月号に発表された山口由幾子「沖縄ぶり」十首である。同号消息欄は、「山口由幾子ぬしは夫君と共に沖縄に赴かれた。途中、湖北丸より手紙を寄せられ、彼地の研究に歌に文章に心を注いで帰りたいとの喜ばしいたよりであつた」と、山口の沖縄行きを伝えるとともに、沖縄の「研究に歌に文章に心を注いで帰りたい」との決意が記されてあったことを伝えているが、九月号には「仏桑花」七首、十月号には「那覇より」として沖縄の印象を書き送っている。

山口は、『心の花』の中心的なメンバーであったし、彼女の沖縄に関する歌や文が、待たれたであろうことは間違いない。彼女は、さっそくその期待に応えたのである。「那覇につきましてすでに二十日を閲しました。熱帯植物と沖縄人の住居、石垣を以て築いた塀、寺院の様な門、赤瓦の屋根の家屋などとおもしろい対照をなしてゐる。伝統的な琉衣をまとふ婦人の風俗、外国語か何かの様に感じられる方言、到る所に数多くある広壮な墳墓、海底珊瑚礁より成る美しい青磁色をした海、そして龍宮のやうな彩色屋根の反りをもつた御宮など、眼にふれるものみな眼新しくおもしろく感じられます」と書き始められた「那覇より」は、

熱帯植物は牡丹色の大きな花と、その花の下にバナナをつけた大きな芭蕉、椰子、パパイヤ、

龍舌蘭、仏桑花、浜木綿等まことに美しく、夜は螢飛びかひヤモリの鳴声に和して大蛙の鳴く声もきこえます。また真黒になつて頭の上に荷を乗せ広袖の琉衣をきて働く手に入墨をした女、歌に文に致したきものばかりでございます。

と、「眼あたらしくおもしろく感じられ」る植物、生物、風俗について触れている。しかしそれは「詩の国画の国」の話であって、「一度生活の事に立ちかへりますと、菓子砂糖さつまいもの他は野菜魚肉少く、果物さへバナナとパパイヤのみで水道の水は午後五時頃から断水し、電力もまことに乏しいのでございます」と、日常生活の不便さは、大層なものがあること、さらには「只今こちらは八十五度位極暑の時で九十二度位」というように、決して暮らし易い土地でないことを付け足していた。

わが踏む地珊瑚礁ときき夢のごとし赤き珊瑚に想ひ駆りつつ
海の虫のから巣つもりて成れる島を直にふみつついまわが立てり
珊瑚礁石のごとく硬く白けれど丈高く茂る椰子も芭蕉も
珊瑚礁の島はかなしも道の上の石といふ石枝状なしつつ
青紫縞なす海の砂浜に真白き枝の石をひろひ上ぐ
手触れなば崩れむばかり繊く細く珊瑚の枝は照るごと赤し

火焔に似し形して海底に燃ゆるごと枝はる珊瑚をしのびつ

王城の一の門守礼の邦とかける守礼門といふをつつしみくぐる

瑞泉門歓会門と支那風の石門をひかへ奥深き王城

琉球王はかせしといふ草履ありたくましく太き鼻緒にも威のみゆ

人骨を入るる穴さへあらはにみえ累々と並ぶ蔵のごとき墓

一九四二年（昭和十七）二月号に掲載された「那覇にて」十一首である。山口の『心の花』誌上での沖縄詠歌は、その後一九四五年（昭和二十）七月号に二首。

仏桑花砂糖黍も焦げ赤瓦の家々崩えし那覇の街おもふ

首里に在す貴人尚大人願はくは命またけくあらせと祈る

沖縄戦の組織的な戦闘の終焉したのが六月二十三日。沖縄戦の最後は、まだ伝えられてなかったかと思えるが、沖縄への上陸、戦場となって地上のありとあらゆる物が壊滅しつつあるというニュースは連日伝えられていたはずである。

○

山口が、何時沖縄に渡ったかは、『短歌人』[32] 一九四一年（昭和十六）八月号に発表された「琉球より」からわかる。それによると、神戸の湊川を発ったのが一九四一年年六月七日正午。九日午後四時、大島について、二時間停泊したのち出帆。翌十日午後三時那覇に着いている。同号には

また、山口の歌が、

あはれなる流人にいまは身をなぞらへ夫の任地におもむかんとす

ふたたびはみじとおもふにあらねどもうら寒く寂し東京さかるは

の他六首が掲載されている。

山口は、『心の花』だけでなく、『短歌人』にも同じく沖縄に関する文と歌とを発表しているが、後者により多くの詩文を発表していた。九月号には「琉球だより（一）」と「那覇にて」十首。「消息」欄に「山口由幾子氏　那覇地方裁判所に栄転せられし夫君に随つて那覇に転居せられた」というのが出る。十月号には「墳墓王城」と題して

大きければ大きくて寂しこの墳墓沖縄をいちまつ暗くいろどり

の他十一首。山口が、沖縄の墓に驚いたのは、「那覇にて」十首のなかにも、「琉球だより（二）」にも触れられているとおりである。見る物聞く物、およそ珍しくないものはなかった。

蓬髪の男の如く梢より細き根垂るる大樹がじまる（一九四一年九月号）

くれなゐの蕋長く垂るるがこれやこのあくがれわたりし仏桑花なる（同号）

夜に入れば蛙と競ひキキとなく南国ヤモリあはれなるかも（同号）

いささかの媚態だになくこの毒蛇どす黒き身をとぐろ巻きゐぬ（十月号）

守礼の邦の掟はかなし簪さへ牡丹水仙梅とわかるる（同号）

たくましき孤線描きて龍の髭雲間を洩るる陽をはぢきかへす（同号）
わが踏むは珊瑚礁とききて頭の中に紅き珊瑚の林かがやく（十一月号）
樹々をもみ雨をしぶかせ吹きおろし吹きあげて猛しおらびおらぶ風（同号）
三彩の支那陶器の盃琉球の古酒を湛へてわが前に置かる（十二月号）
色黒き女が胸もあらはに行く入墨の手に日傘さしつつ（一九四二年一月号）

「がじまる」「仏桑花」「ヤモリ」「毒蛇」「簪」「龍の髭」「珊瑚礁」、台風と沖縄の自然・風物を山口は歌い上げていく。

山口は、十一月以降一九四二年二月号まで『心の花』への作品の発表が見られないが、『短歌人』十一月号には「嵐」と題して九首、十二月号には、無題で六首、そして一九四二年一月号には「琉球風俗」として六首を発表していた。山口の『心の花』への登場は一九四二年二月号「那覇にて」十一首の後、一九四五年七月号「沖縄をおもふ」二首まで待たなければならないが、その間『短歌人』によって精力的に作品を発表していたのである。

一九四二年三月号から一九四四年（昭和十九）四月号「帰路」五首までの発表経緯を示せば、

一九四二年三月号題無し四首　四月号「桜」七首　六月号「大東亜戦と沖縄」八首　七月号「洗骨」六首　八月号エッセー「琉球だより」、「琉球語」六首　九月号題なし六首　十月号題なし十一首　十一月号題なし九首一九四三年一月号題なし六首　二月号題なし九首　三月号「琉球舞踊」十一首　四月号題なし十首　六月号題なし八首　七月号「琉球舞踊」七首　八月号題なし六首　九月号「オモロ草紙」八首

一九四四年三月号「為朝島」十首　四月号「帰路」五首

といったようになる。そして五月号には

熱帯樹明るく茂る島ゆ来れば九州の天地灰色に見ゆ
日向より日陰に入りし心地して思ひ比ぶる南島と本土
故郷の梅もなつかししかはあれど仏桑花咲く島も恋しき

といったように、「南島と本土」を比べるといった形で沖縄が思いだされている。七月号には、

わびぬれば南島に得しおもろ草紙ひろげ読み居り憑かれし如く
春冬のけじめもあらず仏桑花紅く咲く日を講義ききつる
この古典吾の血肉にまざれよと願ふほど強き愛着もおぼゆ

といったのが見られる。山口をとりこにしたのは風物だけではなかった。琉球方言表現になる神謡集や叙情歌集にも心を引かれていったのである。[33]

山口は、『心の花』よりも『短歌人』に沖縄詠の多くを発表していた。山口が『短歌人』によったのは、同誌を創刊した斉藤瀏が、佐々木信綱門下であったことと関係があろう。『短歌人』

の沖縄詠歌が、きわめて特別なものに見えるのは、『心の花』のように、山口以外には沖縄を歌った歌人の歌が見られないからであろう。

『心の花』は、琉球王国最後の王尚泰の孫という沖縄と特別な関係にあった尚や図書館長という県の要職にあった西を初め、米山、下村、山口という武官や官僚、そして裁判官夫人といった、錚々たる肩書きのある人物たちによって詠まれた沖縄詠を掲載していた。[34] それだけでも既に、特別な感があるが、彼らの沖縄詠は、『アララギ』や『水瓶』によった歌人たちの沖縄詠とは異なり、南国沖縄を際立たせたものとなっていた。

『アララギ』や『水瓶』によって多くの歌を詠んだ歌人たちは病者であった。しかも、彼らは、沖縄を離れていた。そのことによって、彼らの歌には自ずからある種の痛苦が刻まれることになったが、『心の花』によった歌人たちは、西を除くと、沖縄にやってきた人たちであった。[35] 彼らはそこで、本土には見られない独自な風景や特異な習俗に目をうばわれ、それらに寄り添っていく心を歌っていた。そして、歌の殆どが、南島賛歌といっていいようなものになっていた。

『心の花』に、沖縄詠歌が数多く見られるのは何故か。それは尚文子、津軽照子といった沖縄と関わりのある特別な存在と共に、佐々木信綱の存在[36]があったことによるだろうが、その『心の花』に掲載された沖縄賛歌によって、沖縄への憧れをかき立てられた読者も多かったはずである。

4 『日本文学』の歌人たち

新屋敷幸繁が「吾々の国文学をもつと吾々に近く引きよせたい」「詩歌俳句小説戯曲等の創作をも加へて文芸誌の一面をも持たせ、国文学の全体的理解に役立たしめたい」として『日本文学』を創刊したのは一九三一年（昭和六）三月である。[37] 新屋敷が、日本文学に関する論考、批評を展開し、詩、小説の創作を発表し、編集兼発行人として八面六臂の奮闘をした雑誌である。『日本文学』に山里永吉、島袋源一郎、阿波根朝松、伊波普猷、豊川善曄、奥里将建といった名前が見られるのは、新屋敷との関係によるであろうが、詩歌欄にも何名かの沖縄出身者が登場してくる。

　この真昼人を葬る鉦の音デング熱にて斃れしならむ
　うちの者みな癒えたれば清めたる部屋に明るし昼すぎの日光《ひかり》
　病上り、朝の陽光《ひかり》の心よし蚊帳をすかせる海老茶色あはれ

一九三一年九月号に発表された国吉真起の三首。三一年のデング熱流行を歌ったものである。同号に新屋敷の「沖縄だより」が掲載されているが、「県教育会の講習はデング熱流行のために来る八月十五日からになつてゐます」とあるように、沖縄は、デング熱がはやり、そのために死者が続出するといった状況にあった。[38]

国吉は、一九二九年（昭和四）一月号『短歌雑誌』に、「大浪のくづれて散れば岩のまをながる潮の光りたるかも」を発表していた。彼が、作品発表の場を県外にも求めていたことはそれからもうかがえるが、『日本文学』の創刊は、彼に絶好の発表場所を与えたといっていいだろう。

フチサ原しらじら秋はたけにけり茅の穂なみのかすかにゆるゝ
日は早も暮れぬと見えて門燈のあかりつきたり官舎の通り
きゝずらきことのみきくよ此頃は暗き夜路を辿りゆくごとし
気だるき日夢の如くに首里に来て街を廻りて寂しく帰へる
やゝ風のおこりて来れり西空の夕焼け雲をあやしと見上ぐ

一九三一年十二月号に掲載された「雑詠」五首である。国吉は、その後一九三二年（昭和七）二月号に同じく「雑詠」四首、六月号「日本文学詠草」に五首、七月号同欄に四首を発表している。「久々に晴れて明るき校庭に教へ子達とかけ廻りをり」（七年六月号）から、彼が教師であったことがわかる。「フチサ原」や「首里に来て」の語から、彼が那覇近郊にいたこともわかるが、彼は、それほど沖縄を詠むことにこだわってない。

それは、

よじられぬその鉄壁を思ひ切つて壊すと高く鉄槌を振る
七島の濤の荒さびよ真夜中の女のみ手の我が頬に落ちぬ

と、一九三二年一月号に「よじられぬ鉄壁」二首を発表していた田崎朝節も同様である。田崎が沖縄出身かどうか明確ではない。「雑詠」欄に「沖縄　田崎一雁」とあって、関係がありそうなこと、そして「七島の濤」の歌から、ほぼ沖縄であることは間違いないのではないかと思えるが、沖縄を直接指し示した歌がない。

島耋烏はどうだろうか。

うららかに朝日のさせば庭木々に今日は雀等来て遊ぶなり
ひややかに夜風の吹けば芋の葉にかがよふ月の皆ゆらぐなり
夕まぐれひそけき原や大空に昼よりの月淡くかかれり

一九三二年一月号に掲載された「芙蓉」三首である。そして四月号に掲載された三首には、全く沖縄を指し示すようなものを見つけることはできないが、五月号の

うづ高く甘蔗を積みたる貨物車とならびて汽車はとまりけるかも
窓の外右も左も甘蔗畑のその中を汽車は走り行くなり
広々と拡ごる甘蔗の花並の向ふに見ゆる製糖小屋の煙

や、やはり同じ号に掲載された、

火を吐くやうな梯梧の花の咲くウルマの天地、常夏の島
どんよりと曇つた寒い夕暮だ。鉄道線路に沿うて帰る

といった歌を詠んでいたことからすると、彼は、沖縄の出身であったのではないかと思える。『日本文学』は、とりたてて沖縄にこだわる編集をしたとはいえないが、沖縄出身の投稿者が多かったことは間違いない。

『日本文学』が大切な雑誌の一つであることは、そのことにもよるが、あと一つには、新しい試みを受け入れたところにもある。島耋烏の「ウルマの天地」のような、いわゆる自由律になる歌にも誌面を割いていた。彼は定型から入っているが、最初から自由律によって登場したのがいる。

ようはれた日曜日だと児をつれて平敷屋の岡に行つてあそんだ
空の碧海の碧さよひろびろと高い山脈に映えて美しい
黒くうれたモツコウなどを手にもつて児は笑つたり躍つたりする
思ふ存分に笑へ貧しい家庭には笑へることもないだらうよ
むぎの実は黄色くうれやがてお前たちは四年生になる
青草をむしつてなげつける私にも無邪気な日はあつた

一九三二年五月号に掲載された桃原邑子の「ピクニック」六首である。自由律短歌はすでに大正の末頃、池宮城積宝らが得意としたものであったとはいえ、『日本文学』への桃原の登場は新鮮であったし、「ピクニック」六首は、その記念すべき第一歩であった。

自分の名を万辺も書いてみた若い夏の碧空よ
私は私のわびしい想念をこのまひるまの赤い屋根瓦の上に抛物しよう
海国の碧空はいゝ私の心も透明になる
手を拡げて大空を抱てみる私の瞳もあんなに碧ければいゝと

七月号に掲載された短詩。「ピクニック」六首より、一層破格が進んだ四首ととれないことも
ない作品である。

倒された甘蔗畑の道を急ぐ堤防工夫の目にしみるあつさ（一九三二年九月号）
秋ばれの山脉をみれば美しい国頭の山水が親はしくなる（一九三二年十一月号）
すばらしい台風だ南国の此の恐怖だ餓死線上に放り出される（一九三三年一月号）
百姓の力のかぎり伸びし甘蔗もたつた一夜で枯野かあゝ（同）
ピチピチした弾力よ琉球の倦怠をはじきとばしておくれ（同）
琉球の空のさ中を降るおおこの驚異私の魂も天をかける（同）

桃原作品の『日本文学』への発表は、一九三三年（昭和八）一月号でもって終わる。
一九三二年七月号に、坂口保は「島の文学、島の学問」と題したエッセーを寄せていた。彼は
そこで「本誌の短歌の投稿者諸君も、どうか中央作家の作風に引きづられてばかりいないで、い
ま一度、自己が棲んでゐる地方の山川風物を、自分の眼で親しく見、素朴に表現して、村の文学、

島の文学を樹立することに努力してほしいものであると思ふ」と書いていた。坂口の言葉が、沖縄の投稿者にどのように受け止められたかわからないが、桃原が、全く心を動かされなかったとは考えられない。

一九三二年九月から一九三三年一月にかけて発表された「若母の心」四首、「秋雑詠」四首、同じく「秋雑詠」二首そして「台風」五首の中に見られる沖縄を歌った歌は、坂口の言葉に触発されて詠まれたのではないかと思われるが、桃原が『心の花』によった尚や山口と出発を別にしていることはいうまでもない。

○

一九三四年（昭和九）三月号『詩歌』[39]の「三十九人集」は、桃原邑子の作品から始まっている。

あなたの歴史の中にしるされた私と子供たち　わづかなわづかな生活の変化だが
一瞬にとびすぎて行った青春、束の間　若さをなつかしむ
子供のために忍従しようとする心、妥協してしまふ自分をもにくめない
若い日の恋のやうに私の心にやきついてくる影、愛し愛した、そして今離れてゆく影
一本の髪の毛をさへ、ふれさせまいとした激情を、ぬけ毛のやうにあつさり捨てる
子供への願望は二人のむねを一杯にする、いつかあなたは父になつてゐて
パパヤの花が無風に散つてゐる、ふとあなたの額に手をあててみる

何も考へたくない。ごたごたの頭の中を　キリキリさせるもの
甘蔗の枯葉のやうなみじめな生活、めらめら燃えてしまつてあとかたもない

桃原の『詩歌』への登場は、多分坂口保の紹介による。坂口は『日本文学』一九三二年五月号の「歌欄担当者より」で、三人の作品を推薦したとして、桃原「ピクニック」六首を、他の二人の作品とともに並べ、「之からもおよそ三月に一度くらゐ、かうして新人を推薦して行くつもりである。さうして、一本立ちの作家として認められた時、歌壇へ推挽して行くつもりである」と書いていた。その約束を、『詩歌』編集委員のひとりであった坂口は、同誌への紹介という形で果したといえよう。

『詩歌』に登場した桃原は、憑かれたように歌にのめり込んでいく。彼女の作品が掲載された号を示しておけば、

一九三四年三月号題無し九首、四月号題無し三首、五月号題なし三首、六月号題無し五首、八月号題なし六首、九月号題無し五首、十月号題無し三首、十一月号題無し五首、十二月号題無し四首

一九三五年一月号題無し四首、二月号題無し七首、三月号題無し六首、四月号題無し五首、五月号題無し六首、六月号題無し四首、七月号題無し四首、八月号題無し八首、十月号題無し六首、十二月号題無し六首

一九三六年一月号題無し七首、二月号（欠）、四月号題無し九首、六月号題無し四首、七月号題無し七首、八月号題無し五首、九月号題無し七首、十一月号題無し五首
一九三七年二月号題無し四首、六月号題無し六首、
一九三九年六月号題無し四首、七月号題無し四首、九月号題無し三首

といったようになる。

桃原は、一九三四年から三六年までの三年間、ほぼ毎号作品を発表しているが、それらの多くは鬱々としてやり場のない憤怒に彩られていた。

信じてゐただけ此のしみは大きい、哭いても洗はれやしないのだ（一九三四年九月号）
金のためには肉親も争はねばならぬか、笑つてはすまされぬ（一九三五年四月号）
何故か悲しかつた、人間であることが、女であることが――ひとり歩く野なかみち（同年八月号）
欺瞞と自惚の男たちの中にゐて蒼ざめた思念を燃やし続けようとする（同年十月号）
時に自分の意見を持つことが出来ても、女のくせにと歪められてしまふ（同）
思へばあなたとの距離は遠かつた、日毎燃え続ける情熱のやりばなく（同年十二月号）
息づまる寂しさの中、私の魂も真赤に燃え続ける（一九三六年七月号）
どこからやつて来るかこの不満――優しいお前の微笑にあつても解きかねるもの（同年九月号）
淋しくて何も思ひたくない、所詮摘みとられた花でしかない（同年十一月号）

一九三六年九月号は、桃原が同人吉田須美の作品一首を取り上げて論じたエッセーを掲載している。桃原はそこで「いつも夢の様な美しさを持つ此の作者は私にとつて一つの憧憬である。常にみにくい現実とのみとつ組み合つて、女らしいデリケートさを欠く私自身のよきみせしめである」と書いていたが、「女らしいデリケートさ」についてはともかく、「常にみにくい現実とのみとつ組み合つて」との言は、よく自分の歌の傾向を知っていたというべきであろう。

一九三七年（昭和十二）になると、桃原の作品発表の回数が極端に減ってしまう。そして翌三八年には一度の発表もなく、三九年になって、六月号に、

おそろしく不整調な時計のセコンドだ！遂に夜つぴてこれを聞いてゐる
子供《ギナ》を背負ふた若い断髪《ホップ》の母、そり立ての首すぢに春の日うら〳〵かげる
真白いズボンの折目正しく、ふわり豊かな断髪《ホップ》の波、若い母の美しい姿
電線を渡る黄鳥《コウチユウ》の冴えた羽色、洗ひ物する小川の上きら〳〵光る

四首を発表。四首が、生活環境の変わったところで詠まれたものであることは、「子供」のルビからでも推測できようが、七月号「生活記録」欄に、桃原は、次のような一文を寄せていた。

「竹風蘭雨」とは新竹州の雨（風の誤植か─引用者注）と台北州のこゝ宜蘭地方の雨を言ふのである。田圃の中の田舎の公学校の宿舎の雨の日は雨と言つてもそれは明るい淋しさである。熱帯

の雨の日の淋しさは明るい淋しさである。宿舎の周囲の田は今蓬莱米が黄色な花を曇天の微風にそよがせて宜蘭平野に波うつてゐる。曇天乍ら洗濯物を干してゐると黒鳥《ヲウチユウ》（黄鳥の誤植か—先の歌には「黄鳥」とある、引用者）が鋭い声でなきなきながら裏庭のユーカリ木の梢で群れてゐる。黒鳥は内地の鳥の形を小さくした様な鳥で尾が燕の様に長い。夫が出勤し子供達が登校して行つた宿舎の中は兵営の様にガランとした淋しさだ。この静かなちよつとした暇に歌を制作しようとするけれ共さて変つた気候と風物はちつとなれないせいかピントが合せにくい。

そのまゝ何時とはなしに夜になつて了ふ。国から小包が届いた。黒砂糖の小包である。堅い羊羹の様なこの砂糖を一つ口に入れると石灰のきいたこの味は私の舌を古里のなつかしい甘味に誘ふ。未だ渡台して日の浅い生活はしつかりしたホームがつかめない。今日も朝から雨。灰色にけぶる田圃を前に只一人捨てられた古靴の様な淋しさだ。庭の八重咲の山梔子の花の強烈な匂ひとセンダン花の鮮やかな緋色が目にしみる。一週間前にかへつたひよつこが小さい羽を生やし初めてゐるし、裏庭の茄子も実をつけはじめた。私もかうしては居られないと思ふ。

桃原は、台湾の宜蘭に居を移していたのである。夫の転職によるものであったことからして、四月の新学期が始まる前であったかと思えるが、桃原が「未だ渡台して日の浅い生活」と書いていること、台湾詠歌四首の発表が六月号であったことからすると、夫に遅れての渡台であったようにも思える。

桃原は、「断髪の母」にまず目がいった。それは、多分彼女もまだ「若い母」であったことによるが、それ以上に、植民地台湾では、すでに新しい風俗に馴染んでいる姿に驚いたともいえよう。

　久々の青空、空気晴々水牛引いた女児《チョボギナ》の素足も美しいと思ふ（一九三九年七月号）

　ギラギラ燃える炎天の纏足の老婆《ラホヤ》ら、赤い轎《キョウ》に揺られてゆく（同年九月号）

「水牛引いた女児」「纏足の老婆」、恐らくそれは、初めて台湾に接したものたちの目に、焼き付けられたに違いない光景であったといえよう。その光景をどう受け止めたか。桃原の台湾詠歌と沖縄詠歌とには違いがあるのだろうか。

　青草は青草のまま、榕樹は榕樹のまま、風は秋になつてながれる（一九三四年十二月号）

　短かくまとつた芭蕉衣の下の素足とキリリと結んだ琉球髷が美しい（一九三五年八月号）

桃原の台湾詠は、「青草は」や「短かく」の線上にあるものであったし、特別な視線というのはなかったといっていい。植民地下にあった島に渡ったものたちの、ついつい陥りがちな短所を、桃原が、よく克服しえていたかどうかはさらなる検討を要するが、少なくとも、彼女がいわゆる異国情緒に酔っている様子はない。

一九四五年（昭和十）四月号の「編集後記」で、前田夕暮は「新興短歌——やがては新日本詩として確認せらるべき私達の作品は旧短歌の発展物ではあるが、それとは全然異つた特殊な文学的形式を樹立することが必要だ。ただ今後この形式を生かすためには、社会的関心なしには不可能である、と同時に、私達は、いよ〳〵自分のリズム――それは現代の社会を貫き流れるリズムであるところの――で此形式を生かして行かねばならぬと思ふ」と書いていた。『日本文学』への作品発表から、坂口の推薦によって『詩歌』へと発表場所を変えた桃原の活動にはめざましいものがあった。それは、まさしく所を得たといっていい感がする。桃原は、前田の言葉をよく実行した一人であったといっていいのではなかろうか。[40]

5 『短歌研究』の歌人たち

桃原邑子の作品一首「ピチピチする肉体の朗らかさはもうない明るい鏡を気に病む」が、『短歌研究』[41]の「佳作」欄に掲載されたのは、一九三三年（昭和八）の六月号である。桃原が、『短歌研究』へ投稿したのは、彼女の作品発表の場であった『日本文学』が、一九三三年二月号から「文芸欄」を廃したことにあったかと思われるが、しかし、同誌に桃原の作品が見られるのはこの一回だけである。

る所では、『短歌研究』の創刊は、一九三二年（昭和七）十月。同誌に最初に登場したのは、今わかってい

あの翻つてゐる旗と風と海のリズム、直線的な構成の効果はどうだ

の松山聖である。松山の一首が掲載されたのは、一九三三年四月号。同誌に掲載された「原稿募集」社告をみると、上段に

短歌（第一部、第二部を通じて投稿は一人一篇のこと）

第一部（題随意、自作にして未発表のもの一人五首以内）

太田瑞穂先生選　吉井勇先生選（四月十五日締切　発表七月号）

佐々木信綱先生選　齋藤茂吉先生選（五月十五日締切　発表八月号）

尾上柴舟先生選　北原白秋先生選（六月十五日締切　発表九月号）

窪田空穂先生選　釈迢空先生選（七月十五日締切　発表十月号）

第二部（第随意、自作にして未発表のもの一人五首以内）

金子薫園先生選（四月十五日締切　発表七月号）

土岐善麿先生選（五月十五日締切　発表八月号）

石原純先生選（六月十五日締切　発表九月号）

前田夕暮先生選（七月十五日締切　発表十月号）

とあり、その下段に「本書は投書界の進歩を促すために断然懸賞を廃し作品発表に権威あらしむべく投稿の内優秀なるもの数編を推薦として優待し、新人の歌壇進出に大きな機会を与へようと企図するものである」と謳い、続けて「投稿歌は半紙型原稿用紙に認め、用紙の初めに必ず希望選者名を朱書すること。（文字は明瞭に認め原稿の初めに必ず府県名及び氏名又は雅号を又原稿の末尾には住所を明記すること）」と記してあった。

『短歌研究』誌が、「投稿」雑誌の要素を持っていたこと、そして投稿にあたっては「府県名」の明記を要求したことで、投稿者の出身がわかる仕組みになっているため、雅号を用いていたにせよ至極容易に沖縄県出身者を拾い出すことが出来るようになっている。もし府県名が記されてなかったら、松山聖など拾い残したとしても不思議ではないはずである。松山のあと登場するのが、島完一である。

冬晴れの空青みかも棕櫚の葉の葉先のさゆれこまやかにして
すて置きし貝殻さむざむ雨に濡れ今宵はしるく藻の匂ひすも

一九三三年五月号「秀逸」の部に見られるものである。松山の自由律に対し、島のは定型になるものである。『短歌研究』は、両者の選者をそれぞれに登用し、どちらも掲載した。六月号には桃原邑子と喜納紅人が登場。桃原の歌は先に見たとおり自由律になるものであったが、喜納の歌は、次のようなものである。

断崖の海人のおくつきおしなべて海に向き居りその大海に

六月号も、前号に引き続きタイプの異なる両者が登場していた。

七月号には、沖縄出身ではないが「琉球の花」として、坂口保が

まだみたことのないひとの顔をおもへば、あをい波ばかりがうねつてくる。

梯梧の花は紅く、琉球は　いま　夏の嵐のなかに興奮する！

芭蕉布の女らの列のなかに　彼女をおき、その頭上に水桶を載せてみる

――しかしながら、彼女らはすでにコバの葉のつるべで水をくまない。

昼はパパヤの葉陰で本を読み夜はランプを点けて手紙をかくといふ

台風圏に郵便船がきりきり舞《まひ》をすれば、彼女の手紙もきりきり舞《まひ》をする

早すぎる季節のなかで書かれた激しい手紙を読む夜、馬追が鳴いてる

を発表。八月号には與世川朝睦の、

みつぎ取りと世にいやしめどこれの業国の生命をつなぎやすらふ

九月号には多喜田精逍の

風はらむ白帆に春陽きらめきて舟は朝潮のり越えて走く

と続く。一九三四年になると、一月号に芳田枝二郎の

砂煙おのれあげつつ街頭をきままに揺れて自動車の行く

と、小石原光の

這ひ寄る小波の泡沫に旅愁の感情がふるへて私は海の良心を愛撫する

の二作が見られる。五月になって南蛮寺礼の

時雨ふる空に見あぐる護国寺のいらかのぬれの寒き色かも

と、島田謙三郎の

空気が乾燥した冬の朝、凍つた指先の感覚がスリガラスのやう

が掲載され、六月号に新島晴美の

泣き笑ひよしなきことを告げあひぬ島の湊を出船するとき

八月号に、川辺秋男の

雨曇り物憂き朝の飯食しつこもる一日を思ふすべなき

が出る。十一月号には、大城安正の

連らなりて飛ぶ鳥の下に鰹あまたいむれて跳るものすごきまでに

と、間国三郎の

切れ味のよき鎌なれや太茎の甘蔗おほらかに刈りおほせけり

の作品が見られる。

一九三五年になると、一月号に、湧田元夫の

小松原透し見下す小山田に畝打ち返す人影のあり

四月号に、松尾清吉の

二人の子をいち日子守にまかせをる夫婦の生活常と思はず

五月号には真境名清仁の

うまひせる子ろの寝息のやわらくも匂ひふくみて顔にかゝるを

と、月島洋の

朝潮の張りし川面を見やりつゝ今日は何やら幸あるおぼゆ

が掲載され、六月号には日向孔舎衛の

眠り得ぬ夜々の静けさ山風も遠海鳴りもかそかにおぼゆ

七月号には、泣島山村の

潮騒のしづかなる月夜ふくろうはしみらに啼きて島に徹るも

と、久松滋の

流れる雲と私、静かにせまる夕闇を冷えた手に感じてゐる

八月号には、松村邦雄の

奥まりて建てる我が家の明るさよぐるりは緑のいも畑にして

が見られる、以後一九三六年の五月号まで、新しい名前の登場がなく、六月号に

足洗ふと小暗きながれに入り立てば光乏しらに水はゆれつつ

の中橋祐三が登場。一九三六年になって『短歌研究』に新しく登場したのは中橋一人であった。一九三七年も新しい名前は、四月号に

これほどの病知らずにこの父と告らす医師の言葉鋭し

の、直木滴の名前が見られるだけである。そして一九三八年（昭和十三）も新しい名前は、十二月号に

日のほてりたしかに弱し黄色に咲くユーナの散りを猫も見にけり

の安岡春次の名前が見られるだけである。それはまた不思議といえば不思議だが、一九三九年（昭和十四）も新しい名前は、四月号に、

甘蔗の穂の群生る末に君の棲む村里明しあさぼらけかな

の沖島孤雀が見られただけである。一九四〇年（昭和十五）になって八月号に

この島にまた台風の近づきて昨日も今日も雨降りにけり

の海江田三治と

きのふは西けふは東と雲低く走りつづく島の雨季かも

の増永良丸が登場。増永は、しかし、一九三八年十二月号には「愛知県」となっていて、沖縄出身ではないようだが、以後、掲載の見られる四一年の九月まで「沖縄」を通している。また同号

には、「推薦短歌」として

戦況にコロの画さながらスピーカーに寄合ふ癩者《はらから》の――貌と貌

肉体の哀篇を綴つて凩を葬ひの笛と聴く深更のベット

この惰性に一挺の懐剣欲し、この空洞にアマルガム充填を希み

の三首が発表された久鷹登代志がいる。彼の名前には府県名はついてないが、沖縄ではないかと思われる。[42] 四〇年は、十二月号にあと一人、

たちまちに庭のくぼみにたまる雨蛙子泳ぎ楽しむらしき

の野崎寿夫がいる。一九四一年には「推薦短歌」欄に、宮里巧の

あけがたの鶏鳴きぬ夜を通し歩み来れば背嚢重し

が見られる。宮里が沖縄に多い姓であることは間違いないが、「推薦短歌」欄の名前には府県名が付されてないので、彼が、そうであるかどうかは不明である。

一九四二年（昭和十七）には、三月号に、

若鷲と吾子の巣立つを念じ居れば味噌汁の匂ひしるく流れ来

の名嘉元浪村、八月号に

片肺はひどくなければすこしでも長生きをして御奉公せむ

の府県名は鹿児島県になっている比嘉真徳、十月号に

暮れ果てゝ帰る農婦の持つ籠にねぎらふ如く螢とまれり

の徳田保郎、一九四三年（昭和十八）になって、八月号に

冬の雲の低くとざせる波の末伊平屋の島淡くつらなる

の知花高信が登場する。

『短歌研究』に登場した投稿者たちは、知花を最後にするが、初登場後、島完一のようにたびたび作品の掲載が見られるものから喜納紅人のように一度だけでその名前が消えてしまったのまでいる。彼らは、投稿し続けたにもかかわらず作品が掲載されなかったのか、それとも一回だけの投稿で終わったのか、そこのところはよくわからない。いずれにせよ、『短歌研究』が沖縄の短歌愛好者たちにとって、大切な投稿雑誌の一つであったことは間違いない。

『短歌研究』は、無名のものたちに作品発表の場を提供した雑誌として大きな役割を果たしたと言えようが、あと一つ、忘れてならないのに、「海外歌人の原稿を募る」として「海外歌壇」を設けていたことがあげられよう。

一九三四年（昭和九）十一月号の「海外歌壇」には、「布哇ヒロ銀雨詩社詠草」として、十四名の作品が掲載されているが、そこに比嘉里風、当間嗣郎、比嘉静観といった名前が見られる。

貧しくとも心すなほにそだてよと吾が子よ父は祈りをるぞも（比嘉里風）

別れ住む夫を想へば子にかゝる深き悩みは消ゆべくもなく（ある人の心境を）（当間嗣郎）

どしや降りの雨たちまちに河の如わが庭の中を奔り流るる（比嘉静観）

里風、嗣郎、静観の三人が、「布哇ヒロ銀雨詩社」の主要なメンバーであったことは、一九三五年九月号の「布哇ヒロ銀雨詩社詠草」にも、

比嘉静観

闇の夜にヒロのむれびを眺めつゝ独りベランダをわがゆききする

郷里の母の送《お》こせし結餅を再渡航の友渡せり我に

はるかなるオネカハカハの海岸を白波しづかに縁どれる見ゆ

燈の下に本を読み居ればおじき虫紙の上にてはじきかへれる

当間嗣郎

訪ね来し理由を明らかにはわが言はず砂糖相場など語りて帰る

バンクレーにて痔を焼くにほひ外科室にひろがり満ちぬかなしきにほひ

冷え〳〵と曇日の暮るゝ街路《みち》にふと買ひ忘れ来し玩具を思へり

比嘉里風

朝日影波にうけつゝまかゞよふ海を汽船のヒロへ行く見ゆ

夜更けより雨となりたり雨の音をきゝつゝ明日の野良仕事おもふ

わが母の手紙の文字は常日頃弱きわが身のことにつきたる

といった詠草が、それぞれに見られること、また一九三六年四月号掲載の同社詠草にも、比嘉里風三首、比嘉静観四首、当間嗣郎二首が見られることからわかる。

ハワイで短歌が盛んに歌われていたことは、一九三五年七月号に掲載された宮城聡の「憶ひ出のハワイ歌壇」から推測できよう。宮城は、そこで一九二七年のことで記憶も薄らいでいるが「ハワイで意外に感じたことは短歌熱の盛んなことだつた」と書いていた。そして「僕はハワイで四冊の本を送られたが、その中二冊は静観さんの『生命の爆音』と『人間・社会』とで、詩集だが、他の二冊は、嘉数南星の歌集『赤光』と、須藤豊二氏の短歌集『白骨』とであつた」と書いているように、詩歌集の刊行も盛んであったように見える。宮城はまた、一九三六年一月号にも「ハワイの短歌壇」を発表しているが、「私が前に行つた時もいつぞや本誌に書いたように、ホノルルには潮音詩社があつて、その他にも別派の短歌倶楽部が対抗してゐて、随分盛んだつた。私は今度はホノルルの短歌壇を知る前に、ヒロの方へ行つた。ヒロは、先には短歌の倶楽部があることを聞かなかつたが、今度行つて見ると大変な短歌熱であつた」と書いていた。宮城の「今度」が、何時だったかは知らないが、一九三五年の七月以後であったことは間違いないであろうし、ハワイの短歌熱は、まだまだ健在であったといっていいだろう。そしてそこでは、何名かの沖縄出身者たちも同人たちと共に、短歌に熱を入れていたのである。

『短歌研究』が取り上げたのは、ハワイの短歌壇だけではない。例えば一九三七年六月号に発表された池田重二の「ブラジル歌壇の展望」や翌七月号に発表された加納小郭家の「台湾歌壇の展望」といったように、移民地や植民地下にあった国や地域の歌壇についての報告も見られた。そしてハワイは勿論のことブラジルも台湾も沖縄からの移住者が、数多くいた地であったことから、いよいよ『短歌研究』の海外歌壇報告が、大事なものに思われてくるのである。

池田の「ブラジル歌壇の展望」は、『日伯新聞』『ブラジル時報』『聖洲新報』三紙の文芸欄に掲載された歌を紹介したものである。池田は、「ブラジルの歌壇は（中略）貧弱なものである。歴史的に於いて、歌人の質に於いても淋しいものである。併しながら漸く勃興して来た短歌熱はやがては一人の西行、実朝、曙覧、赤彦、晶子を生まぬと誰が言へよう。否現に内地でよまれない植民地特有の歌が生れつゝあるのだ。おそらく此処数年をいでずして優秀な植民歌人が生れいづるであらう」と纏めていた。池田が、そこであげている名前には、沖縄出身者らしい名前はみあたらない。

加納の「台湾歌壇の展望」は、台湾在住歌人たちはその多くが「内地」の短歌雑誌の同人として活動していること、また「内地」とは関係なく活動しているのも多いので、「もしこれ等の人達が団結して事を為すとなると、台湾歌壇も相当に色めいて来るのではないかと思ふ」と書いていた。しかし、台湾の結社は、「あまりに偏狭で排他的で、作品を無視して情実に囚はれ、批評を拒否し、研究を阻止して、只盲目的に我が佛尊しとして傲然たる態度」をとっていて、「台湾程結社の後輩を無知に蒙昧に偏屈に仕立てようとする所はないやうに見受けられる」となかなかきびしいが、その後で『あらたま』『海響』『あぢさゐ』『相思樹』『原生林』に発表された作品を紹介していた。そこにも、沖縄出身者らしい名前はみられないが、台湾には、『あらたま』に属していたばかりでなく、一九四〇年（昭和十五）三月、台北で、あらたま叢書第九編『名嘉山安忠歌集』を上梓した名嘉山などがいた。[43]

台湾歌壇で活動したのは、名嘉山だけではない。一九三五年あらたま発行所刊行になるあらたま叢書第四編『歌集　台湾』を見ると、

石原昌秀
登り来て丘の上なる貯水池のゆたかなる水に心和まむ（他七首）
翁長泉流
朝霧のこりてしたたる音きこゆ落葉散りしくさ庭べにして（他一首）
奥武朝景
通り雨すぎていつしかたそがれぬ裏の木立に夕蟬の声（他一首）
喜納真砂田
皆出でて昼の休みを岩壁に久方振りの陽にあたりをり（田二首）
久良波良

朝もやの立ち籠りたる篁に鳩の声すなり風吹き初めぬ
　久志美代
支那よりのみやげに貰ひし水仙の若芽ののびは日毎に目立つも（他一首）
　当間重栄
泣きぬれて立ちもやらずにゐる子らをまもりつつあれば吾《あ》もまた悲し（他一首）
　平良義久
波の音かそかに聞ゆ夜のふけを月の光は冴えわたりつつ
　名嘉山安忠
潮ざゐをききつついつか寝入りたり汽車にて遠く来りわが労れけむ（他七首）

といった沖縄らしい名前が見られるし、他に上原季雄、岸本満佐美、高良喬、新垣宏一、平川静子、山根英二といった名前もみられる。

また、一九四〇年から四二年にかけて発刊された『台湾』を見ると、
　がじまるの樹陰を行けば冷え冷えと風わたるなりこの日盛りを（一九四〇年九月号）
他四首が見られる糸数幸緒を筆頭に
　安里昌参
瀧の水しぶきを散らす涼しさよ見上ぐる岸に草の老いたる（一九四一年四月号）

新垣清吉
さみだるる医に白鷺の二つ三つぬれつつ憩ふ身動きもせで（同年六月号）
新垣恒栄
姉逝くの訃報に接す我が胸に在りし笑顔が浮び去り来る（同年七月号）
石垣悦子
雨戸はずしい寝し夜明けて蚊帳ごしに木梢《こぬれ》の空のすがすがし（同年九月号）
久高育子
名も知らぬ青き小花の咲く河辺遠いかづちをききつつ歩む（一九四二年新年号）
崎浜都史子
戦線の兄に送ると煙草にも手紙をそへて母包みます（同年新年号）
豊見山昌一
移り来し窓辺にしろき夕光や庭面のへごもしみじみと見つ（同年八月号）
高江洲八重子
出勤の朝に乙女モンペイに身をばつゝみてにこやかなりき（同年九月号）

といった名前が見られる。また『台湾婦人界』一九三七年（昭和十二）十二月号に「遥けき思」と題して、

　虫の声ききつつひとりある宵ははるけき思ひの胸にわきくる

他四首を発表していた稲嶺つる子などがいる。

『短歌研究』に掲載された台湾歌壇の報告文には、沖縄出身者らしい名前はみあたらなかった。また、ここに上げた名前のすべてが沖縄出身者であるとはいえないまでも、台湾歌壇には少なからず沖縄出身者がいたことは確かだし、[44]それは他の移住地においても同様であったといえるであろう。

○

年若き将校の率ふる軍隊は突如政府の高官を襲撃す
大尉数名兵を率ひて高官を襲撃したる号外又号外
武器を持つ人軍斯くもテロリストになりはてたるか、あはれなるかな
軍人のクーデーターをこのたびは国民誰も支持せざるべし
五・一五事件に国民余り軍人へ同情寄せたるその反動か
即死すと伝へられたる岡田首相金庫の中に生きてゐたりき
岡田首相の身代わりとなりて撃たれたる松尾大佐はよく似たりけり（写真を見て）
非常時の意識余りに昂まりて高官遂に殺されにけり
矛盾する帝国主義は内部より爆発せりと我は思ひぬ

一九三六年四月に発刊された『琉球』第三号に発表された比嘉静観の「二・二六事件」と題された九首である。『琉球』は、在米沖縄県人会が発行した雑誌である。[45]『琉球』第三号には比嘉の九首の後に「吾が生活」の題で在布哇六花の「歩めども又歩めども遠く険しき人生の旅」他七首が見られるばかりでなく、同号から「詩と歌」の欄が設けられたことで、狂波「詩六題」四首、松田露子「ジャスミンをうたへる」七首、金坊「田舎生活」一首、新助「仮の庭園」一首が見られる。

一九三七年第四号から一九四〇年第七号までの「詩と歌」の欄に発表された短歌には、

一時と父に云ひ置き離り来て、一五年我も子の母となる（一九三七年松田露子「感想」他十一首）

ただ一つせめて五十路のしるしにとものせし稿は没られける（一九三八年憲「虚ろ叩いて」他六首）

見も知らぬ友歌書けと寄こしけり歌よめぬ吾と君は知らずに（一九三八年布哇六花「雑詠」他八首）

除夜なればかね爆竹の音たけき、騒ぎをよそに恋妻を抱く（一九三九年健「和歌」他五首）

卑怯者がかくも多勢でたつた一人の直ぐなる男をはみ出させたと云ふのか（一九四〇年南野輝子「世紀の犠牲」他七首）

兄上の逝きし枯野に風は無く運河の水の静かに早し（一九四〇年小橋川秀男「兄」他十首）

といったのが見られる。

『琉球』は、歌壇の雑誌でも文芸雑誌でもなかった。移住者たちの何人かは、そこに設けられたささやかな文芸欄を利用して歌を発表し、心を慰めていたのである。

『短歌研究』の海外歌壇報告には、県人会雑誌の習作など取り上げられるはずもなかったが、海外歌壇の一端を、そのような雑誌への投稿者が受け持っていたことは間違いない。

6　短歌雑誌と沖縄の歌人たち

『短歌月刊』[46]一九三四年（昭和九）一月号は、「重要短歌雑誌一覧表（昭和八年十二月調）」を掲載している。そこから一九二六年（大正十五・昭和元）以後に刊行された誌名を拾い出して見ると、あけび、あしかび、青垣、青虹、青波、吾が嶺、あざみ、いづかし、いちはつ、いぶき、歌と観照、歌と評論、おほそら、歌壇風景、からまつ、かぐのみ、街道、カメレオン、近代短歌、桑の実、勁草、ささがに、相模野、新羅野、しがらみ、真樹、下野短歌、新進歌人、菁藻、栴檀、双曲線、綜合詩歌、草炎、短歌と方法、短歌建設、短歌文学、短歌巡礼、短歌草原、短歌街、高嶺、短歌至上主義、短歌評論、石蕗、土筆、杜鵑花、新墾、二荒、ぬはり、帚木、八合、半仙戯、バク、久木、不二、分身、防風、梵貝、曼陀羅、まるめら、満州短歌、みづがき、径、むらぎも、武都紀、夜光珠、ラテルネ、若菜といったのになるが、それらは、言ってみれば新興の短歌雑誌であって、アララギ、あしかび、あらたま、橄欖、草の実、くぐひ、心の花、国民文学、香蘭、ごぎやう、詩歌、自然、真人、創作、蒼穹、叢生、短歌創造、短歌、潮音、地上、槻の木、常春、野菊、覇王樹、光、ひのくに、美穂、ポトナム、水瓶、森陰、吾妹、渡津海といった明治、大正期の創刊になる雑誌があり、さらに短歌研究、短歌月刊、短歌春秋、短歌新聞、日本短歌、歌壇新報といった雑誌、新聞等があった。

『短歌月刊』に上げられたのは「重要短歌雑誌」であった。その他、様々な短歌雑誌があったことは、例えば与謝野鉄幹、晶子が主催した『冬柏』がそこに上げられてないことからだけでもわかるし、また一九三四年以降に出た雑誌がそこに含まれてないことからして、さらに大変な数に上る短歌雑誌が、昭和戦前期には刊行されていたことがわかる。[47]

沖縄の歌作者たちが属した歌誌そして投稿した雑誌も、それだけに随分の数にのぼることになるはずである。その全てにあたることは難しいが、ここで、これまでに見ることのできた範囲での昭和戦前期、すなわち一九二六年から一九四五年までのおよそ二〇年間に、沖縄の歌作者たちの属した雑誌や投稿した雑誌に掲載された作品を紹介しておきたい。

最初に登場するのは島袋俊一である。島袋は、一九二六年（大正十五）『覇王樹』[48]七月号に、「晩春より初夏へ」と題して、

音に出づる蚊は居らねども麻蚊帳の色なつかしみ釣りて寝にけり

他五首を発表。八月号には「砂浜」四首、そして一九二七年（昭和二）新年号には、「秋深し」の題で、

ほゝけ穂の和毛《にこげ》のこらず散りしかば河泉の葦のそよぎ続かず
稲架《いねかけ》にかけし足穂の稲の穂の穂並明るく日にはえにけり
よもぎ草伸び極まりて咲ける穂のほゝけやうやく目立つ頃かも
年寄りと幼なわらべと道にあそびさみしき島の夕なるかも（琉球に帰りて）
尋《ひろ》にまる芭蕉のもろ葉さしかひて動くともなき島の夕暮
夏雲のおり居しづめるわだつみに琉球《うるま》の島の低くつづける
船見ゆる我が産れ島は白ざれて青葉すくなみ風たゝ渡る――暴風に見舞はる――
白ざれのきびの葉擦れの音高く未だ退けきらぬ風渡りゐる
外海の潮のなるねのやゝ高し夕べの空に雲走りつゝ

の九首を発表するとともに、『覇王樹』の編集兼発行人でもあった橋田東声にあてたと思われる「薩摩より」が掲載されている。それは、橋田が薩摩にきたとき、少し読みづらいものだがとして紹介した長塚節の「土」を読んでの感想を書いたものである。島袋は、それを「予期に反して楽々と尽きぬ興味を感じながら読了」したといい、その理由を「百姓の家に生れ農学校に入り、更に高農に学んだ」ことによるのかもしれないという。そして「土」の中の、冬を越す櫟について書

いた部分を引いて、「物の真を掴んだ描写」だといい、「対象はどんな平凡に属するものであつても魂を打ち込んで物の真を掴めば立派な詩になりうるものでないかと思ひます」と述べ、「静かに物の真を掴むことに心掛けたいと願つてゐます」と語っていた。

島袋の作品はその後、一九二七年二月号に掲載された「秋より冬へ」の六首で終わるが、彼の歌は、農学の徒の真価をよく発揮したものであったといえる。

伸び初めていまだ間もなき麦畑や土軟く盛りあげにけり

冬曝れの地べたくまなく張りまはす雑草の根のいと細けかり

一九二七年三月号『近代風景』[49]に掲載された島袋の作品である。『近代風景』は、詩人仲村渠が数多くの作品を発表した詩誌だが、島袋の作品が一度だけ見られる。多分「作品募集」に応じたのだろうが、島袋の特長がよく現れた二首であった。

一九二六年から一九二八年にかけて、沖縄の投稿者たちが代わる代わる登場した雑誌に『文章倶楽部』[50]がある。

新本孤星

けらの音にききほれにけり夜深く真闇の庭に一人し立ちて（一九二六年十月号）

名嘉山興真

一枚の壁にかけたるよごれ着をぢつと見詰めしものうき寝ざめ（同年十一月号）

呉屋紘二郎
たえまなく雨降る庭のパパイヤの雨にまじりて花ちれりけり（同年十二月号）
桃原思石
三年の血塗ろだつた教壇をそつと覗いた教員吾は（同年十二月号）
大浜信光
崖の上に墓きづくらし夕もやの中にうごめく人影の見ゆ（一九二七年五月号）
瀬川町子
幾月の長わづらひだ生きることの悲しさ思ふ五月雨の夕（同年八月号）
神谷精昌
残り少なくなりにしこれの米櫃を傾けし母の顔のさびしさ（一九二九年三月号）

名嘉山、呉屋はともかく新本孤星や瀬川町子といった沖縄にはそうない姓の者も、沖縄だとしてあげられるのは、名前の下に県名が付されているからである。彼らは、「投稿募集規定」にそって投稿したわけだが、その「投稿規定」を見ると、「一、投稿は各種一人一篇、若くは規定の数に限る。一、用紙は半紙（白紙でも原稿紙でも宜し）短歌・俳句は官製ハガキ。書体は楷書、各種目について必ず用紙を別にする事。一、住所と姓名とは題の下に明らかに記すこと。投稿の篇首には、必ず文の種目を朱で記すこと」となっている。短歌は一人五首以内の投稿が認められ、また「賞品」として「短歌、俳句、短文、小論には、一等一円二等五十銭内外の書籍を呈す」とあるが、彼らの中に、賞品を獲得した者はいない。

『文章倶楽部』への投稿は一度に限るということはなかったであろうが、彼らの登場は、それぞれ一度だけである。それは、彼らがその一度だけしか投稿してなかったためなのか、それとも何度か投稿したにもかかわらず採用されなかったことによるのか判然としないが、多分前者ではないかと思う。少なくとも新本、桃原、大浜らはそう考えておかしくないはずである。

『文章倶楽部』と同じく、投稿を求めた雑誌に『経済往来』[51]がある。

渡名喜守松

おほかたの友は女を知りし頃はかなき恋を恋する男（他五首、一九二六年七月号）

伊江朝春

この冬を是非金送れ養鶏したい寂しい父の去年からの願い（一九二七年一月号）

渡名喜は、八月号、九月号、十二月号、一九二七年二月号、伊江は三月号と作品の掲載が見られる。

渡名喜といい伊江といい、彼らの姓は、沖縄に多く見られる姓であるが、渡名喜は彦根、八月号では滋賀、一九二七年二月号ではまた彦根とあり、伊江は、大阪とある。それは、彼らが居住していたところであり、出身地とは違うのではないかと思われる。そのように、府県名は沖縄となっていなくても沖縄である可能性が強いと思われる場合は、取りあえず拾ってある。

府県名を東京としているのに与儀正昌がいる。

こほろぎのひたなく宵はあはれ我が生命狂ひて野を走らまし

一九二七年十二月号『創作時代』[52]に掲載されたものである。その後、

陽曇れば友も語らず坐り居り海鳴高き病床のま午（一九二八年一月号）

夕暮の冬の海はも失恋の傷み強ひるかほの白うして（同年二月号）

戸をくれば庭はま白しいね足らぬ眼ゆいたみつゝ見入る初雪（同年三月号）

といったのが見られる。

与儀は、まめに投稿しているが、彼がめざしたのは歌人ではなかったといっていい。その一端は、二月号「短篇小説選評」の「その他の佳作」一覧の中に「都に花開いた琉球芋の話——与儀正昌（東京）」とあるのから窺われるが、彼は多分小説家になることを目差していた。与儀が、横光利一そして川端康成の推薦で『文学界』に登場するのは、もう少し後のことである。

神山裕一

向ふ土手の野火赤々と燃えてをり子供の騒ぎここまできこゆ（他二首）

名嘉元浪村

牛馬もまなこそむけてよくは食《は》まぬ蘇鉄の飯をけふも食しゝ（他一首）

神山晃一

久々に雨降りにけり此の雨の過ぎにし後は暖かくならむ

一九二七年年六月号『日光』[53]に発表されたもので、裕一の一首は北原白秋選に、名嘉元の一首は前田夕暮選に、晃一の一首は土岐善麿選に見られるものである。府県名がないので裕一、晃一に関しては明らかではない。浪村は、沖縄歌壇ではよく知られていた名前であった。

浪村を初め、沖縄の歌人たちはどのような短歌雑誌を購入していたのだろうか。「日光投稿規定」に「投稿は凡て直接購買者に限る」と最初に掲げているところからすると、浪村らが『日光』を直接購買していたことはわかるが、他の歌作者たちも、投稿するために、それぞれに身近な短歌雑誌を買い求めていたのではなかろうか。

紅い星

汽車出でしプラットホームの淋しさよ柱ばかりが数多く見ゆ（一九二八年十月号）

粟根啓子

足先の冷たくなりてだんだんにしびれを覚ゆ冬近ければ（一九二九年三月号）

『令女界』に見られる二首。紅い星の歌は「特選」に選ばれたもので、「『柱ばかりが数多く見ゆ』と写実的にいつて却つて作者の感情を深く表現してゐます。歌をよむ者の考ふべき処でせう」との評がなされている。選者は茅野雅子。

『令女界』は、一九二二年（大正十一）四月創刊された投稿雑誌で、「創刊時には広く少女向けであったのがしだいに限定され女学校上級生を対象とし、いわゆる少女雑誌と婦人雑誌の中間に介在するようになった」雑誌で、「大正後期から昭和にかけて、若い女性の心の糧としての役割」[54]を果たしたといわれている。

『令女界』への沖縄からの投稿はそれほど盛んであったようには見えない。紅い星も栗根も、沖縄にいて投稿したようには思えないし、彼女らの歌から、沖縄を思い浮かべることは困難である。

親しさよわが庭先になき母の手織の衣干してあるかな（帰省）
年毎に寂れゆくとふわが村を青葉ゆたかにつつみをるなり（帰郷）

『創作』[55]に掲載された作品で、「帰省」は一九二八年八月号に掲載された松田盛助の歌。「帰郷」は一九二九年十月号に掲載された杜姫寂葉の歌である。

松田の登場は、「帰省」他三首の掲載された一九二八年八月号からで、

豚の仔も家鴨も鶏もむつまじく庭に出で来て遊ぶ春の日（一九二八年八月号、他三首）
をさなくてわが植ゑつけし想思樹を仰ぎ見てをり心たのしく（同年九月号、他七首）
庭に立つパパヤアの大木くきやかに地に影ひきてよき月夜なり（同）
繁り合ふフクギの山に鶯も鴨も眼白もひもすがらなく（同年十月号、他四首）

といった歌が見られる。同じく「帰郷」で登場した杜姫には、

裏庭のパパヤの蔭にするゑおきて妹が織る機の音のすがしさ（一九二九年十月号、他八首）
夏の日も日の暮れ方は悲しけれ母がひきますひき臼の音（同）
夕立にぬれたる背戸の青バナナ瑞々しくも月に光れり（同年十一月号、他六首）
月橘の垂枝ましろに花持ちてゆれゆれこぼす香の高きかも（同）
雨白く渦巻く空に瓦屑木屑板屑乱れ舞ひたり（暴風雨三首）（同十二月号、他六首）
蒸暑さにたへて持ちゐし大雨の豊かにとよみ今ぞ降るなり（同）

といった歌が見られる。『創作』の松田や杜姫の歌が、『令女界』の紅い星や粟根の歌に比べて数段も優れていることは言うまでもないが、何よりも、ここにはそれぞれの帰省、帰郷先の景物がしっかり写し取られていた。そしてそれらの景物は、南島のそれであった。

松田や杜姫の帰省、帰郷の理由は、前者の歌「君が話聞きつつあればわが病ひ癒え行く如しその明るさに」や、後者の歌「この体病みくさるともわが歌ふ歌は明るくすこやかなれや」からして病気によるものであったといっていいだろうが、彼らは何処に帰ったのだろうか。『創作』は、府県名を作者の肩に付してないので、彼らが、どこに帰ったのかわからないが、杜姫は、一九三〇年（昭和五）九月号に「地図をひろげて、五首」と題し、

たらちねの母健やかに待ちいます喜界ケ島ぞこの小さき島

の歌を詠んでいた。この歌からすると杜姫は、喜界ケ島の出身であったかと思える。松田にはそ

のような地名の入った歌がないのでその出身地を確定することはできないが、南の島の出身であったことは間違いない。

「遠く沖縄島に在す祖母に」として、『国民文学』[56]一九二九年十月号に

笛鳴りて船は動けり祖母の立ちます姿見る見る離る
笛なりて船の動けば耐へて居し涙は遂に流れ落ちたり
流れ出る涙は手もてふきとりて岸の祖母に目は放たざり

の三首（および「憤る事のありて」三首）が掲載されたことで、沖縄と関係があったことがわかったのは渡名喜守松である。渡名喜が『国民文学』に登場するのは一九二八年十一月号からであるが、渡名喜の名前の上にはじめて府県名が付された一九三三年（昭和八）十二月号『国民文学』には「彦根」とあった。『短歌雑誌』一九二九年二月号には「滋賀」となっていたし、『経済往来』一九二六年七月号には「彦根」とあった。

渡名喜は、色々な雑誌にその作品を見ることができるが、その中でも多くの作品を寄せていた雑誌に『国民文学』がある。一九二八年十一月号二首を最初に、十二月号三首、一九二九年二月号四首、三月号三首、五月号八首、六月号六首、七月号五首、八月号五首、九月号四首、十月号六首、十一月号三首、十二月号三首、一九三〇年七月号四首、八月号四首、十二月号九首、一九三一年一月号十首、二月号九首、三月号七首、四月号九首、五月号九首、六月号五首、八月

号十一首、十月号七首、一九三三年十二月号七首、一九三八年八月号八首といったように、『国民文学』には渡名喜の歌が数多く掲載されていた。

今日の授業少し不安なり生徒等に向ひて立ち居て何かおびゆる
準備足らぬ授業を終へて職員室に帰る廊下をはればれと歩む

一九二九年十一月号に掲載された二首から彼が学校の先生をしていたことがわかる。彼の名前に付された府県名が彦根であったり滋賀であったりしたのは、転職によるものであったのだろう。

故郷を出でゝ十年過ぎにけり父を喜ばす何も無し吾は
故郷をいでて十年過ぎにけり淋しきかもよ教員吾は

一九三一年一月号に「夏帰省すると父は病後だった」の詞書きのある五首の中の二首である。異郷で働くことの淋しさを歌ったものである。

帰り来て心は何を思ふらん二十年に近き時はすぎける（帰省）
芝草のみどりあかるきみ墓べに母を恋へどもすべなしや今は

一九三八年（昭和十三）八月号に掲載された八首の中の二首。故郷を離れて働かなければならなかったものたちの感慨がにじみ出ている歌である。

渡名喜の他に『国民文学』に登場する沖縄と関係のありそうな名前としては、一九三〇年一月号の仲田朝信、一九三一年七月号の高安重吉、九月号の山城好恵だが、それぞれ一回きりの登場である。仲田は間違いなく沖縄と関係があろうが、あとの二人はどうとも言えない。

一九二九年には、『短歌雑誌』[57]一月号に、

壁ぎはの日向に筵ひきのべて童ら遊ぶ冬となりにけり

の一首が掲載された国吉真起がいる。そして八月号には、

夕さればこの山影の苗代に農夫来りて水を揚ぐるなり

撒水車ほこり沈めて行きしあと涼しき風を吾が感じをり

の二首が掲載された比嘉東作がいる。一九三〇年には、『短歌雑誌』六月号に「沖縄　朝原信一郎」が現れ、一九三一年には、『短歌月刊』[58]四月号に、「冬田志津夫（琉球）」といった名前が見られる。

一九三〇年五月『冬柏』創刊。「第二期『明星』廃刊後、三年たって新詩社の機関誌として創刊」[59]された。与謝野鉄幹、晶子を中心に明星の同人たちが集まった雑誌であったことからして山城正忠の参加は当然すぎるほどに当然だといってよかった。そして、最も精力的に活動した一人であったといっていいだろう。

山城の『冬柏』への登場は、第三巻第二号からであるが、彼が同誌へ発表した作品を一覧表にしておくと、次のようになる。

第三巻　第二号「琉球より」、三号「琉球より」、四号「尋牛書屋抄」、五号「尋牛書屋抄」、六号「梯梧の花」、七号「尋牛書屋抄」、八号「夏至南風」、九号「台風前夜」、十号「蘇鉄の実」、

十一号「琉球より」、十二号「尋牛書屋抄」
第四巻　第一号「浪華と寧楽」、第二号「尋牛書屋抄」、第三号「尋牛書屋抄」、第四号「尋牛書屋抄」、第五号「尋牛書屋抄」、第六号「尋牛書屋抄」、第七号「琉球より」、第八号「尋牛書屋抄」、第九号「尋牛書屋抄」、第十号「尋牛書屋抄」、第十一号「尋牛書屋抄」
第五巻　第一号「夢残る」、第二号「那覇より」、第三号「尋牛書屋抄」、第四号「南島の春」、第五号「春日抄」、第七号「尋牛書屋抄」、第八号「夏日抄」、第九号「夢の壺」、第十号「立秋」、第十一号「尋牛書屋抄」
第六巻　第一号「旅情」、第二号「旅塵抄」、第三号「尋牛書屋抄」、第四号「沖縄より」、第五号「春閑抄」、第六号「師を哭す」、第八号「尋牛書屋抄」、第九号「尋牛書屋抄」、第十号「尋牛書屋抄」
第七巻　第二号「都塵抄」、第三号「先生を偲びつつ」、第四号「追善歌」、第五号「尋牛書屋抄」、第六号「海南雑詠」、第八号「尋牛書屋抄」、第九号「尋牛書屋抄」、第十号「「海神祭」その他」、第十二号「旅に籠りて」
第八巻　第二号「旅のあとさき」、第三号「春夢抄」、第五号「雲間抄」、第七号「尋牛書屋抄」、第九号「母と夢と子と」、第十号「鯛ニ死す」、第十一号「東京にて」
第九巻　第一号「墓前の土産」、第二号「那覇より」、第三号「尋牛書屋抄」、第四号「春愁」、

第五号「清明前夜」、第七号「千里万里」、第八号「七夕、新盆その他」、第九号「毳立つ・その他雑」、第十一号「旅に籠りて」
第十巻　第五号「那覇より」「病む・癒ゆ」、第六号「芒種の雨」、第七号「茶前茶後」、第八号「病に勝つ」、第九号「病間抄」、第十号「秋風抄」、第十一号「身辺雑詠」
第十一巻　第一号「薬包紙に書ける」、第二号「平生一片心」、第三号「日々是好日」、第四号「草木煥赫」、第五号「春日遅遅」、第八号「那覇より」、第九号「旅の歌その他」、第十号「那覇より」、第十一号「新北風」
第十二巻　第一号「那覇より」、第六号「旅・妻病む・其他」、第七号「覇陽梅雨」、第八号「姉殺し・その他」、第九号「朱明抄」

山城が、いかに精力的に『冬柏』に作品を送り続けていたか、この一覧から明らかである。山城の作品が『冬柏』誌上から消えるのは、第十二巻第十号以後である。そのことは山城が、与謝野鉄幹、晶子の同伴者をもって任じていたことを示すものでもあったといっていい。彼が、『冬柏』の中で特異な存在であったとすれば、それは「南島の春」のような歌を詠んだところにあったといっていいだろう。

春風も空に踊りて美しき群千を越ゆ街の尾類馬《ずりうま》
その名世に謳はれたるが駒に乗り街踊りゆく二十日正月《はつかしやうぐわつ》

十人が路に三味引き二十人組みて踊りぬ春の尾類馬
六調子、稲摺りの舞、街に鳴る三味線、太鼓、尾類馬をどる
尾類馬が街にをどれば老いたるも若きも赤き青き鉢巻
花ちらす並木と見ゆれ尾類馬が春に袖ふり街に踊れば
踊り来る駒の一むれ春の日を浴びて朱総《しゆぶさ》に光る白き手

歌には「尾類馬ハ毎年旧正月二十日、初梅ト云フ名目ノ下ニ、古クヨリ琉球那覇ノ遊里ニ伝ヘ行ハルル年中行事ニシテ、一種ノ仮装舞踊行列ナリ。スベテ古式ニ則リ「木材挽」「六調子」「獅子舞」「稲摺踊」ヲ以テ主トシタリシガ、イツノ頃ヨリカ、乗馬踊ノ一隊ヲ組ミ入レ、コレニハ特ニ選リヌキタル美妓ヲ以テ充テタルガタメ遂ニ尾類馬ト云フ名ヲ以テ呼バルルニ到レリ。又一名「二十日正月」トモ称セラル。因ニイフ、尾類ハ遊女ノ方語ナリ。（那覇古実集参照）」という詞書きが付されていて、そこからわかる通り七首は、遊里の女たちの祭を歌ったものであった。

山城の、南島の風俗、慣習を歌った歌が、どのように受け取られたかわからないが、そこに山城の歌の、一つの特質があったことは間違いない。

山城が、『冬柏』に発表した作品から精選して『紙銭を焼く』を刊行したのは一九三八年（昭和十三）十二月。その後記によれば、一九三二年（昭和七）から三七年まで『冬柏』に発表した歌は「二千八十余首」に上るという[60]。

山城は、一九三五年（昭和十）四月号に「沖縄より」と題して、「正忠のやうなものでも、三十年来御弟子の末に加へていただいてゐた以上、出来るだけ先生の御遺志に添ひまつる事を念願と致し、一層粉骨砕身致す決心で御座いますから、これから晶子先生の御示導と、御高弟の方々の御援助に依り、及ばずながら、輝ける歴史を有する、新詩社の一員として、将又、更に一大飛躍すべき『冬柏』の為め、この私にも犬馬の労をとらせて頂き度う御座います」と、与謝野鉄幹を悼む文章を書いて居たが、「二千八十余首」は、その言葉をうらぎることがなかったといっていいだろう。

分野は異なるが、『冬柏』で活躍した沖縄出身者があと一人いる。浦崎成一である。浦崎の登場は、第三巻第十号「天才農民」からである。以後第十一号「勘定」、第十二号「コント五篇」、第四巻第一号「銭湯」、第二号「迷信二種」、第三号「ゾシチエンコ二篇」、第四号「花婿」、第五号「急用」、第六号「犬の嗅覚」、第八号「病人」、第十号「宣伝」、第十二号「通行券」、第五巻第一号「トウルピイコフ先生」と続くが、それらはミハイル・ゾシチエンコの作品を訳したものであった。ゾシチエンコは、江川卓によれば「ソ連社会のたてまえと本質のギャップ、日常の不合理、小市民的な俗物性、庶民の精神的貧しさなどをテーマに、ゆがんだユーモアの鏡に現実を映し出し、二〇年代の最も人気ある作家」であったという。翻訳の連載がそれだけ続いたのは、原作の魅力もさることながら、浦崎の訳が受けたということもあろう。

○

一九三三年（昭和八）から三五年にかけて沖縄からの投稿が見られる雑誌に『愛誦』[61]『若草』[62]がある。

中村青緒
碧空の遠きに人の名を呼べば心うれしくなりにけるかも（『愛誦』一九三三年十二月号）

玻名城長正
蜘蛛の糸の夕日を引ける輝きがふと見えずなる身じろぎたれば（『愛誦』一九三四年一月号）

島完一
川口の帆柱もなき廃船にひたひた寒き夕のあげ汐（『若草』一九三四年四月号）

南蛮寺礼
かにかくに生計はまづしこの朝つくづく見れば妻はやせたり（『若草』同年八月号）

宮木比呂
素顔の現実に失望し、失望し、それでも現実を愛して生きねばならぬ（同）

外間佐和子
ネムの木の根こぎにされて今朝は又淋しき思ひ深まりて行く（『若草』一九三五年九月号）

『愛誦』『若草』に掲載された歌には、沖縄を感じさせるのは何もない。投稿者たちの府県名がついてなければ、その多くを見逃してしまったはずである。沖縄を感じさせるような歌ではないにしても、府県名が付されていることによってその多くは拾い出せたといっていいだろうが、彼はどうだろうか。

病室の　白壁に画き見る　死の面貌　重たき胸に　私は手をあてゝ
トパーズの太陽が　冷たい玻璃《ガラス》窓を通つて　ソツト　しのびよる　私の病床《ベット》　私の恋人
冬枯れて淋しい赤楊の枝　今朝も合唱する　群雀の音律　私の窓

一九三三年三月号『自由律』[63]に掲載された大里世志春の「病状」八首（の中三首は「街の嘆き」）の中の三首である。大里は四月号にも「機関車」二首（中一首は「都会」）を発表していたが、大里のような場合は、どうしても迷わざるを得ない。

『日本歌人』[64]一九三六年（昭和十一）八、九、十、十一月号に登場する嘉数妙子、同じく『日本歌人』一九三七年（昭和十二）四月号に見られる伊佐巌、一九三九年（昭和十四）『月刊文章』に登場する金城幸英（熊本）、一九四〇年（昭和十五）から四三年まで『槻の木』[65]に数多くの作品を発表した大城武、石垣仁子（一九四一年三月、十一月号）、川平清三（一九四二年十月号）、一九四一年から『多磨』[66]に登場する大城柳（福岡）、宮里巧（福岡、広島）などはどうだろうか。

一九三七年になると知念清栄と尚翠庵が『星雲』[67]に登場する。

仕事終へ灯ともし頃に帰りきて文にしたしむ汝《なれ》はかなしも

雨にぬれ帰り来りて一人食む冷たき飯もしたしき我家

五月号に掲載された知念の作品である。七月号に見られる知念茂川は多分清栄と同一人物であろうが、知念の登場は、この二回である。

小庭辺の榕樹若葉の蔭つくりそよぎ静かに夏ならむとす

燃えさかる梯梧の花の下蔭に息なやましくバスを待ちをり

六月号に掲載された尚翠庵の「顔剃る朝」六首の中の二首である。『星雲』への尚の登場はこの「顔剃る朝」六首から始まり、七月号三首、八月号七首、九月号「近詠」九首、十月号「蘇鉄」八首、十一月号「金蓮花」六首、十二月号「秋の光」六首、一九三八年一月号「桜島」八首、二月号「遠野の樹々」七首、三月号「朝雲」十首、四月号「鶯」八首、五月号五首、六月号「晩春」五首、七月号「芍薬」十首、八月号「月見草」三首、九月号「菱の花」九首、十月号「水」四首、十一月号六首、十二月号「花の寂しく」五首、一九三九年一月号「島の秋」八首と続く。尚は、三七年の六月号に登場してから三九年の一月号まで毎月欠かさず歌を詠み続けていた。

尚の歌は、草花への愛着に発している。それは、彼が農園と関わりをもっていたことと関係していようが、これだけ草花を歌い続けたのもめずらしい。

一九三九年になると、『月刊文章』[68]に芝ゆかり、『月刊民芸』[69]に泉国夕照、『多磨』に川島涙夢、友島俊治らが登場する。

芝ゆかり
夜は更けて隙間もれ入る寒の冴え露営の人をしみじみとおもふ（四月号）
泉国夕照
山藍の香りすがしき衣つけて弁ケ岳の初秋を来つ（十一月号、「首里の街」）
常磐木の緑の間に苔むして赤き瓦の家居静かなり
年ふりて敷石路に音立てゝ荷をつけし馬過ぎ行きにけり
八十路すぎて祖母《おほはは》未だおとろへず筬の音高く家内響かう
蔦おひし石垣近み裏部屋に光とぼしく祖母機織らず
川島涙夢
松の芽は今ぞ萌え立つ一山にみなぎる光春ふけにけり（七月号）
楊梅山の真昼静けき草岡に足さしのべて吾等語るも
昼の月白くかかれり楊梅《もも》の果をついばむ鳥の声の鋭さ
独寝の侘しき胸に手をのせて今宵しみじみ風の音聴く
友島俊治
自ら汚れしシャツを洗へるにふと旅に出たく手をぞ休めつ（七月号）
窯出しの器《うつわ》の熱さに何事か思ひつつありしをふとも忘れぬ

友島は一九三九年六月号の新人紹介に、川島は七月号のやはり新人紹介にその名前が出ている所を見ると、『多磨』の会員に加わっていたことがわかるが、作品の発表は七月号の一回だけで終わっているように見える。彼らの他に『多磨』に作品を発表したのに前田三郎がいる。

棘白きあだん葉さやぐ丘見えて海原遠く日は上るらし
夏めきし浜に下りゆく道の辺に白きあざみの花も交れり
近づけば草喰むを止めて我に向く馬の後に海青く見ゆ
洲のはなに漁火ふたつかがよひて暗深ぶかと音なかりけり
星の光映りて白む海の面に珊瑚礁黒く横たはる見ゆ

一九四一年（昭和十六）七月号に掲載されたものである。前田の作品は八月号に三首、九月号に二首掲載されている。横田は、沖縄の風景を巧みに詠んでいた。一九四二年三月号の新人紹介には与儀実勝の名前が出ているが、彼の作品はみられない。

一九四〇年から四一年にかけて『日本短歌』[70]「懸賞短歌」欄の常連に増永良丸がいる。増永は、沖縄の出身ではない。仕事の関係で沖縄に来たのではないかと思われるが、府県名を沖縄と記しているばかりでなく、

仏桑花の真紅の花もくろずみて散る日はちかし雨季に入るころ（一九四〇年七月号）

といったように、沖縄を詠んだと思われる歌もみられる。

一九四一年になると『アララギ』に数多くの作品を発表した神山南星が府県名を「鹿児島」にして登場、四二年になると伊波一男と平良正朗が登場。同年『歌と観照』[71]に日賀正一が登場する。

日賀正一

歌よりは畠をつくれと友は言ふ言ひたきをたへて強いてうなずく（他二首、一九四二年四月号）

平良正朗

消灯の後は寂けし病室の天上のあたり家居鳴きつる（一九四二年十月号）

伊波一男

啼く声に仰げば鷹の群遠く澄みつゝ島の上を渡らふ（他一首、一九四三年二月号）

平良や伊波の歌にはまだ戦乱の響きは届いていないが、日賀の歌には、影を落としているといっていいだろう。

戦局がきびしさを増していくとともに、沖縄の歌作者たちの歌も大きく変わっていったのではないかと思われるが、幸か不幸か、一九四三年（昭和十八）以降、沖縄の歌作者たちの歌は殆ど見られなくなる。それは、雑誌の統廃合による短歌雑誌の終刊といった事態とも関わっていようが、もはや歌の時代ではなくなっていたということもあろう。

おわりに

一九四五年（昭和二十）六月号『心の花』に、山口由幾子は「沖縄をおもふ」として、

仏桑花砂糖黍も焦げ赤瓦の家々萌（燃の誤植か、引用者注）えし那覇の街おもふ
首里に在す貴人尚大人願はくは命またけくあらせと祈る

の二首を発表している。

やがて日米最後の組織的な戦闘がその終わりを迎える頃、山口は、かつて住んでいた沖縄の街や、目を楽しませた景色が、灰燼に帰し、人々の消息さえわからなくなってしまったことを嘆いた歌を歌っていたのだが、沖縄の壊滅は、山口の予想を遥かに超えるものであったのではなかろうか。

沖縄戦は、地上にあるものをすべて焼き尽くしてしまっていたのである。

沖縄における戦争前の文学活動がどうなっていたかを調べるためには、戦前期に発刊されていた刊行物を積み上げる必要があるのだが、地上戦は、積み上げるものも焼き尽くしていたのである。積み上げるものはなくなったが、しかし、その活動がなされてなかったわけではない。沖縄でも、様々な文学活動がなされていたし、数多くの雑誌や同人誌が発刊されていたことはわかっている。[72]

沖縄に於ける昭和戦前期の文学活動は、とりわけ沖縄で刊行されていた諸種の雑誌を通しての活動は、戦火による資料となる雑誌の消失ということで通観することは難しいが、その手だてがまったくないわけではない。沖縄の文学活動の一端である戦前期の短歌界の動向を、本土で刊行されていた雑誌を通して見て見ようとした本稿は、その試みの一つである。

昭和戦前期に発刊されていた短歌雑誌にはどういうものがあったのだろうか。瀧澤八郎は「全国短歌雑誌系統大観」(『日本短歌』一九三六年一月号)で、「全国に散在する短歌雑誌は頗る多い。いま私の調査する処によると昭和十年十一月現在の全国短歌雑誌数は百六十種余になってゐるが、それに旧派歌壇の『国の花』『あけぼの』等々など未知のものを加へるならば、恐らくそれ以上になるであらう」と書いていた。

一九三五年頃、短歌雑誌が、そのように「百六十種余」に足すに旧派の短歌雑誌が出ていたというのだが、それに、短歌欄を設けた総合雑誌や文芸雑誌そして投稿雑誌を加えると、短歌を掲載していた雑誌は一体どれほどの数に上るか計り知れない。ちなみに、昭和戦前期に刊行されていた雑誌で閲覧することができ、その中で、沖縄と関わりのある何等かの表現のみられた雑誌名を上げておくとすれば、愛誦、朝日、馬酔木、阿房、あらくれ、アラベスク、アララギ、アルト、維新、上之蔵、歌と観照、演劇改造、オール読物、大鴉、オルフェオン、改造、解放、海邦、街燈、科学ペン、革新、関西文学、翰林、旗魚、近代風景、九州文学、九大文学、グロテスク、経済往来、芸術科、芸術殿、月刊文章、現代、現代詩、現代詩評、言論報告、構想、講談倶楽部、行動、黒煙、黒色戦線、黒色文芸、国民文学、コギト、心の花、作品、桜、作家精神、作家群、詩歌、詩歌翼賛、四季、詩研究、詩原、詩行動、詩集、詩神、詩人、詩人時代、詩壇、詩と芸術、詩之家、詩の国、詩と詩論、詩文学、自由律、棕櫚、詩洋、書斎、小説界、昭和詩人、昭和文学、少国民文化、少年戦旗、女子文苑、女性時代、書物展望、辛巳、新思潮、新進詩人、新作家、新潮、新天地、新創作、新日本、新風土、新文化、新文学研究、新文学準備倶楽部、新文芸、進歩、人民文庫、新領土、スキート、星雲、星座、制作、制作地帯、正統、世代、セルパン、戦旗、層雲、創作、創作時代、双紙、創元、大衆文芸、大地に立つ、大調和、大洋、大法輪、大陸、台湾文学、台湾文芸、旅、旅と伝説、多磨、短歌月刊、短歌研究、短歌雑誌、短歌人、短歌民族、探偵春秋、知性、地方、地方行政、中央公論、槻の木、図書、冬柏、とらんしっと、ドルメン、南方詩人、南方楽園、日光、日本詩人、日本語、日本詩、日本詩壇、日本短歌、日本評論、日本文学、覇王樹、俳諧、バリケード、犯罪科学、犯罪公論、一橋文芸、富士、婦人公論、不同調、プロレタリア科学、プロレタリア文化、文学案内、文学界、文学建設、文学時代、文学集団、文学読本、文学評論、文化公論、文芸、文芸市場、文芸首都、文芸主潮、文芸春秋、文芸世紀、文芸戦線、文芸時報、文芸台湾、文芸通信、文芸と批評、文芸日本、文芸汎論、文芸復興、文芸文化、文陣、文章倶楽部、文芸報国、ホトトギス、馬祖、まほろば、水瓶、民芸、民俗学、民族芸術、三田文学、むらさき、木香通信、野獣群、黎明調、令女界、歴程、労働者、労働運動、蝋人形、若き旗、若草、早稲田文学といったようなものになる。

本稿で取り上げることができたのは、その中のほんの僅かなものであるにすぎない。それも、ほとんど東京で発刊されていたものである。それは、他でもなく、調査場所が東京であったことによっているが、それ以上に、取り上げることのできた雑誌に関しても問題が残されている。雑誌の調査時点で、それらに欠号のない、全巻揃いの雑誌は、それほど多くなかったということである。さらに、調査時点での、書写ミスや作品の見落としがあるにちがいないということである。

雑誌の調査は気長になされなければならないが、雑誌の揃うのをいつまでも待っているわけにもいかないということもある。多くの、問題があることを知りながらの報告であるが、そこから見えてきたのも少なくない。

〈注〉

1 『琉球年刊歌集』は、ほとんど幻の歌集と化していて、手にすることが出来ないのではないかと思われるので、そこに名を連ねている歌人たちの名前だけでも上げておきたい。当間黙牛、北村白楊、島袋九峯、伊豆味山人、伊竹哀灯、富里潮洋、国吉瓦百、名嘉元浪村、照屋一男、上里堅蒲、比嘉泣汀、池宮城寂泡、新田矢巣雄、間国三郎、川島涙夢、島袋哀子、漢那浪笛、山里端月、又吉光市路、美津島敏雄、江島寂潮、西平銀鳴、山城正斉、大山潮流、池宮城美登子、星野しげる、小栗美津樹、禿野兵太、新島政之助、小林寂鳥、梅茂薫村、水野蓮子、松根星舟。

2 「琉球年刊歌集発刊之辞」

3 『琉球新報』一九三九年(昭和十四)八月二日付け四面に「沖縄神社兼題和歌 七月兼題 自由選題(上)」として、仲吉朝睦、護得久朝用、山城瑞泉、玉那覇常盛、喜久本朝信、名嘉山安現、伊地柴伝、外間玉村、外間和子、城間政章、与儀喜英、仲浜政俊の歌が並んでいる。その「下」(八月三日付け四面)には、仲浜政幹、高良睦輝、与那覇政恩、真志喜朝睦、佐久本静子、知念朝賀、兼島信悠、安里積福、照屋長助の歌が並んでいる。一九一八年(大正七)から一九四〇年(昭和二十)にかけて、沖縄で刊行されていた新聞の殆どが消失しているため不明な点が多いが、彼らは所謂旧派の伝統を受け継いで活動したグループであるかと思う。

4 「前線を歩む人々(17)」(一九二九年八月十日付け『琉球新報』)に松根星舟の名前が見える。同連載は、活躍中の詩歌人たちをとりあげたのではないかと思えるが、そこには、松根をはじめ、『琉球年刊歌集』に名を連ねていた歌人たちが登場したのではないかと思われる。

5　本林勝夫「アララギ」（『日本近代文学大事典』項目、以下雑誌項目注は、同書に収められてない項目を除き、同書の解説による）。『アララギ』は、一九〇八年十月創刊。「正岡子規の衣鉢をつぐ根岸短歌会の歌誌として出発し、大正中期以降歌壇の主流雑誌」となる。

6　確言できるわけではないが、「我謝」という姓から判断して、沖縄出身とした。

7　一九二七年（昭和二）十一月号に

吾が心このごろせはし七日して尚凋まざる花を寂しむ
はつはつに見えかくれせる児の頭草山の草を走り下れり
宵の九時ウインネック彗星まだ見えず病院道を往きて帰りぬ

の三首がある。その後、一九二八年（昭和三）十一月号に二首、一九二九年（昭和四）一月号に一首、以後無し。

8　一九二七年（昭和二）十二月号に

時雨降るあひまに出でて村人は谷川べりに漬菜洗ふも
白樺の梢とほしてまなかひに煙立つ山あらはれにけり
谷一つへだてて見ゆるともしびにつかれし心勢づきぬ

の三首が見られるが、これらの歌からすると、沖縄とは関係ないように思える。

9　一九二八年（昭和三）十二月号に

久方の空の真洞に雲仙のかそけく見ゆる夕さぶしも
往来に対へる戸をばひもすがら堅くとざして書読みゐたり

の二首が見られる。その後、一九二九年（昭和四）一月号に一首、また武富まさじで同年四月号に二首、五月号に一首、六月号に一首。以後無し。

10　一九二九年（昭和四）一月号に

うつそ身も軽きめまひを覚えしも蜜柑の皮をかぎてねむれる

故郷の父母にふみかくかなしさをここにきてより初めて知るもの二首。以後なし。

11　『アララギ』に登場した、沖縄と関係のありそうな名前では、一九四二年（昭和十七）六月号に二首だけ見られる島袋盛行がいる。但し、彼の名前に付された府県名は、東京となっている。

12　宮城兼尚「沖縄救癩の先駆者青木恵哉師」（上原信雄編著『阿檀の国の秘話　平和への証言』所収、昭和五十八年六月）

13　犀川一夫『ハンセン病政策の変遷　附沖縄のハンセン病政策』平成十一年三月。

14　塩沼英之助「沖縄病友収容記」（上原信雄『沖縄救癩史』所収、昭和三十九年四月）参照。

15　犀川一夫『ハンセン病医療ひとすじ』一九九六年三月。

16　城山は、菊池恵楓園に入園したのであろうか。同園は、一九〇九年（明治四十二）九州七県の連合立として熊本県菊池郡合志村に開設され、一九四一年（昭和十六）に国立に移管された。

17　三首は次のようなものである。

ゆきずりに見る葉牡丹は匂ふ如しみづみづし葉のはつか紅差《あけ》し

長方の池は半ばまで水減りてそそげる音すかぎろふ冬の日

窓越えてベッドの裾を月のてらす明時《あかとき》つよく霜ふるけはひ

18　一九三〇年（昭和五）十二月号に神山南海男で「時雨ふる大宮の駅に立ちながら日原鍾乳洞のことを話しつ」の他二首の歌がある。その後同名になる歌の掲載はない。同一人かと思うが、南星名の登場は、一九四〇年（昭和十五）十月号からである。

19　一九一四年四月創刊。尾上柴舟主宰。「昭和初年から約一〇年間モダニズム文学に影響されてネオロマン風の都会情調が目だったが、（中略）時代が戦時色を濃くするにつれ、編集者（松田）常憲の影響もあって現実調、時局色が濃くなった」（藤田福夫）という。

20　一九二八年（昭和三）九月二十二日、「いろは屋三階の大広間で開かれた」牧暁村の「文芸功労感謝の会」に参加した水瓶支社同人たちの名前が挙げられているが、その中に見られる。

21　後の四首は、次のようなものである。

とどろきて磯山かげに鳴りこもるふるさとの海の声は悲しき

砂取ると潮干の海に馬つれて暁立ちしころの思ほゆ

浪の音に心しみじみゆすらるる故郷に帰るいつの日ならむ

みしりみしり夕川潮のみちくれば七島藺草うちなびくなり

22　三野正洋『祖父や父たちが戦った　わかりやすい日中戦争』によれば、南昌攻略作戦での日本軍の死傷者は戦死が五四八名、負傷が一六〇〇名とある。比嘉は負傷による内地送還ではなく、病気によるものであったかに見える。

23　比嘉の歌が掲載された年月号及び歌数を示せば、一九三九年十一月号五首、十二月号七首、四〇年一

月号六首、二月号五首、三月号五首、四月号五首、五月号五首、六月号五首、八月号五首、九月号五首、十月号四首、十一月号五首、十二月号五首、四一年一月号五首、二月号五首、三月号五首、四月号五首、六月号五首、七月号四首、八月号五首、九月号五首、十月号五首、十一月号四首、十二月号五首、四十二年一月号五首、二月号六首となる。

24 『歌と観照』は、一九四二年三月号から岡山巌の「大東亜聖戦歌」の連載を始める。岡山は、第一首目に北原白秋の「天皇の戦宣らす時を隔かずとよみゆりおこる大やまとの国」をおき、「昭和十六年十二月八日、対米英宣戦の大詔は遂に煥発された。其の日の全日本国土の感激は天地をひたすばかりの想ひがあつた。それは単に其の日の興奮ではなく、吾が大日本帝国が轟然として振興する記念の日でもあつた」と解説を始めていた。同誌は、一九三九年七月号から十月号にかけて編集室編になる「分類支那事変歌集」を組んでいた。

25 『朝日新聞（沖縄版）』は、三月十九日「社頭の対面を控へ　遺児部隊の壮行会　喜びの二十七名を寿いで」、三月二十四日「けふ遺児部隊出発」、三月二十六日「父神鎮る九段へ　心は躍る遺児たち　沖縄部隊一路東上」といった見出しで、一行の様子を伝えている。三十一日の記事には、二十七名の遺児の引率者の感想を聞くとして、その言葉が記されているが、引率者の名前に「大東文化学院本科三年神村朝堅」とある。神山と神村が同一人物だと断定する根拠はない。

26 一八九八年（明治三一）二月佐々木信綱によって創刊。「短歌を中心とする綜合雑誌としてわが国の嚆矢ということになる」（加藤克巳『現代短歌史』）だろうという。

27 「台風のすぎたる庭に」の歌は、一九三五年（昭和十）十二月号の「南国の歌」十一首の中にも見られる。

28　円地文子「中城さうしを読んで」

29　当間恵栄、題名なし。

30　一九三九年（昭和一四）沖縄から国外へ出ていった人数は不明だが、前三八年にはハワイ四百五十一人、ブラジル二百八十一人、ペルー九十名、アルゼンチン百八十九名、フィリピン千三百十五名、そして南洋群島における沖縄県出身在留者は、全国比にして五九、二パーセントを占める四万五千七百一名に上った。石川友紀「海外移民の展開」（『沖縄県史7　移民』所収））参照。

31　一九四〇年（昭和十五）五月号『月刊民芸』は、清水幾太郎、阿部次郎、青野季吉、佐藤信衛らの発言を紹介したあとで、沖縄から戻ってきた芹沢銈介に聞くというかたちで「その後の琉球問題」と題し、対談記事を掲載しているが、そこで、島袋が、突然図書館長を罷免になったことが語られている。

32　一九三九年四月、斉藤瀏によって創刊。「瀏は昭和一一年の二・二六事件に連坐した元陸軍少将であり、時局の進展に関与して太田水穂、柘植庄亮と大日本歌人協会の解散の原動力をつとめるなど、自由主義、芸術至上主義を排斥した」（日笠祐二）とされる。

33　山口は『歌集　珊瑚礁』(昭和十八年十二月)の「巻末記」に「求めるものにはおのづから与へらるるといふ。おもろ双紙おもろ双紙とひたすらにあこがれてゐるうちふとした機会におもろさうし研究の権威比嘉盛章氏に御目にかかり私からも懇願申し上げて遂におもろさうしを三ケ月に亘りその講義を伺ひ遂に全巻二十二巻を解釈読破終了した」と書いている。

34　『心の花』は、「明星（新詩社）や根岸短歌会のような主義、主張を激しくかかげてといった短歌革新運動と銘打ったものと異なり、穏健な、折衷的印象のもとに、隠然たる集団を明治中期以降に形作っていった。会員の層は次第に華族、高級官吏、大実業家その他上流家庭の子弟が多くなっていき、女性も跡見、お茶の水、女子学習院という名門出身が大部分」(加藤克巳『現代短歌史』)を占めたという。

35　一九三五年八月号に「にくしみの募りくる毎ひねもすを大空みつつひたに歩むも」「さばかりの事にかほどに嘆くやと己と己が心を責むる」の二首を発表した久鷹登代志は、多分沖縄出身で、病者で、沖縄を離れていたかと思える。そのことでは、『アララギ』の歌人たちに近いが、ここでは、沖縄を歌った作品を発表した歌人たちに限った。『心の花』に登場したので、他に長嶺幸子というのがいる。沖縄に多い姓だが、歌には沖縄を感じさせるのはない。

36　山口由幾子『歌集　珊瑚礁』の「序」に、佐々木信綱は「最後に、自分とかの地とのつながりを一言したい」として、「自分は幼くして、高崎先生から、高崎先生からお聞きした宜之湾朝保の集を読み、又かの地に研究の為の地に赴かれた玉堂先生から、おもろさうしに就て種々聞くことを得、その写本をも見ることを得た。又かの地で集められた古抄の琉歌百控をゆくりなく購うて、竹柏園蔵書志に掲げるため、伊波普猷君に解説を乞ひもした。薄幸の文人平敷屋朝敏の文集、苔の下をも通読した。尚文子嬢の中城さうしを一閲もした。上京したわざをぎびとの演じた銘苅子や、うたびとの謡つたかぎやで風を視また聴いて、それがいつまでも目に耳に残つてもをつた。今またこの山口夫人の集を読んで、未だ一たびも赴かぬ地ながら、深い親しみがあり、ゆかりのある心地がして」と書いていた。

37　編集兼発行人は新屋敷幸繁、発行所は日本文学研究社で、両者とも住所が鹿児島市長田町二五五番地になっている所からして、新屋敷が主宰した雑誌であったことがわかる。

38　稲福盛輝は『沖縄疾病史』で「この年の流行は、八重山を除いては、沖縄本島、宮古郡の全市町村の広範囲にわたって大流行しており、（中略）患者発生数一二二、七三一人、死亡者数五二四人、人口一〇〇に対する患者数二六・四七人という沖縄疫学史上最高のデング熱の大流行となった」と書いている。金城清松『沖縄医学年表』には「（一九三一年）一〇月、デング熱患者数五七七、五〇九人、死者七七〇人、患者一〇〇に対し死者一・三四％（衛生課調）」とある。

39　一九一一年四月、前田夕暮が創刊。一九一八年一〇月休刊。一九二八年復刊。二九年十二月「前田夕暮は口語発想の自由律作品を発表。（昭和）五年から『詩歌』をあげて、自由律に転じ、移行していった。これは当時に歌壇の新興勢力である新短歌運動に、全誌をあげて参加することであり、その有力な拠点となった。しかしやがて戦時下の暗黒な情勢のもとで、自由律という言葉の使用にも支障をきたすごとき時代を迎え、一八年一月号の、夕暮の定型復帰とともに、ふたたび『詩歌』は、あげて定型に復帰することになった」（武川忠一）という。

40　桃原が『詩歌』に発表した沖縄詠歌は以下の通り。

無気味は静けさの中の暴風警戒のサイレン街は一斉に緊張する（一九三四年十月号）
人間の力などのなまぬるさ、ほしいままに荒れくるふ台風（同）
ものすごい嵐の殺戮、新聞は圧死人の記事でもちきる（同）
九年母の青い香が手にしみて、心楽しい秋の味覚がやつて来た（一九三四年十二月号）
九年母の花が老女たちの白衣に音もなく散つて丘は静かなお祭日和（奄美大島）（一九三五年五月号）
この杜の岩の前にひれ伏して、巫女の祈りはなかなかやみさうにもない（同）
終日をあの岩から此の岩へと神様の真似をして生きてゐる巫女といふもの（同）

此の淋しさは知られたくないいつまでも原始的痙攣を続けてゆく民族（同）
貧しくとも墓だけはセメントで造る人たちに、神様のお告げはいたましすぎる（同）
さわさわ岩角のクバの葉に風がなつて、巫女の長髪がはぶのやうにうねる（同）
高昇する紅炎、若き熱情の舌はいて琉球の花は燃える燃える（梯梧の花四首）（六月号）
私を取りまく榕樹とバナナとパパヤ達、朝毎変つた心で呼びかはす（八月号）
私のからだに長いひげをからみつかせて榕樹の愛撫、童心にかへる（同）
村の共同井戸で赤いたすきの娘が水を汲んでゐた、私は若い男のやうに呼びかけてゐた（同）
ニイニイ蝉の鳴く日は浜防風の花黄に萌え、炎天の下の妖しい思念（同年十月号）
亡びゆく暗夜の蛇皮線の音に、ほろ苦い感傷をのみくだす（一九三七年二月号）
常夏の島の空の青さ――あなたによせる思ひ時をり燃えあがり（同）
山を海を越えて来る翠風、デイゴの花真紅に燃えて五月となる（六月号）
赤い瓦屋根に炎ゆらめき、妖しい白日の粧ひをこらす（琉球）（同）

41　一九三二年十月創刊。「歌壇においてはじめてジャーナリズムの正統に立って刊行された総合雑誌」で、「当時に歌壇の中堅、新人をぞくぞくと登場させ、満州事変直後から太平洋戦争の時期にいたるまでの歌壇の指導的な舞台となった」（木俣修）という。

42　沖縄愛楽園『開園30周年記念誌』に「故高嶺朝義、本土友園に療養中の久鷹登代志の両氏は写真がなくて掲載できなかった」とある。同誌の「文芸グループの歩み」の「愛楽短歌会」に「愛楽短歌会は昭和十三～十九年までは麗島短歌会と称し、大堂、久鷹、宮良、井出通生氏ら一〇余名が活躍」とある。また『開園50周年記念誌』の「詩・随筆・評論・創作等の人たち」には「入園時、既に他を指導する力量にあった久鷹登代志がいた」とある。

43　名嘉山は、一八八二年（明治十五）首里桃原町で生まれ、一九〇五年（明治三十八）長崎医学専門学校を卒業、一九〇七年（明治四十）十一月渡台、台湾総督府台北医院医務嘱託として同院小児科に勤務、一九〇八（明治四十一）台北市内で開業、一九二六年（大正十五）六月、あらたま入会。

44　『多摩』一九三九年六月号に「響き来る湯瀧の音に馴れし頃小鳥の声は澄みてきこゆる」他七首を発表した桃原富美子は、その姓からすると沖縄と関係がありそうだが、府県名をみると台北になっている。桃原の作品は、七月号に三首、一九四〇年六月号に四首が見られる。

45　『在米沖縄県人会会報』として一九三五年創刊、同年六月に刊行された会報第二号は表題を『県人の友』としたが、第三号から『琉球』に変えると共に、これまでのガリ版刷りから活版印刷にする。編集兼発行人北米加洲ロスアンゼルス市北ロスアンゼルス街一〇二半松田露子、印刷者親泊義良、印刷所布哇加哇島コロア町洋園時報社、発行所加洲羅府市北マヂソン街四五八在米沖縄県人会。

46　一九二九年五月創刊。「昭和初期の新興短歌運動勃興期に、その方向の推進を意図して創刊された短歌総合雑誌」（武川忠一）である。

47　一九三三年七月一日発行『短歌研究』に掲載された「全国短歌雑誌調」をみると、「重要短歌雑誌一覧表（昭和八年十二月調）」から拾い出してきた雑誌の他に伊志布美、厳橿、韻律、出雲野、一路、六甲、はしばみ、白秋襍誌、晩鐘、白光、鳰、北土建設、実相花、梵貝、暮笛、紅鳩、東邦、塔、緑土、若杉、王孫草、わかうた、歌人、歌集、街路樹、金沢短歌会雑誌、かげとも、風、横浜歌壇、短歌祭、短歌詩人、短歌地帯、短歌普選、短歌生活、短歌風景、短歌更生、大地、朱船、装填、朱鳥、疎林、相思樹、草紙、筑紫、波の秀、裸象、裸形、野茨、くさの葉、国原、国の花、やますげ、町、文芸調、紅潮、曠原、木陰歌集、コケモモ、告天使、愛媛短歌、青杉、あらつち、青樹、青空、青い港、葦付、蘆笛、あさなぎ、山茶花、山脈、季節、銀河、銀皿、みこも、水上、みづうみ、水松、志高、自然、閑野、科野、寂静、真空、詩文、詩洋、新珠、紫□蘭花、自由律、情脈、女性詩歌、ひこばえ、日方、独り遊び、青煙、生活者短歌、星座、雪景、生活派、青春の希望と光、仙人堂、西陵短歌、八王子短歌、冬柏、短歌芸術、潮、薫黛、木かげ、あかね、みづうみ、獣笛といったのが見られる。

48 一九一九年（大正八）五月創刊、橋田東声が主宰した短歌雑誌である。

49 一九二六年（大正十五）十一月創刊、北原白秋が編集した詩の雑誌。

50 一九一六年（大正五）五月創刊。一九二九年（昭和四）四月終刊。「全国の年少の文芸愛好家を対象にして創刊された啓蒙的文芸投書雑誌」（紅野敏郎）である。

51 一九二六年三月創刊。発行人鈴木利貞。「経済人の随筆誌として創刊。のち総合雑誌として文学作品や評論を載せる」（榎本隆司）。

52 一九二七年九月創刊。編集発行人中口秀人。編集顧問に菊池寛、責任者に横光利一、川端康成らがあたったといわれる。「文芸春秋系の「半文壇的投稿誌」」で「新進作家の養成に積極的」（石割透）であったといわれる。与儀が後、横光や川端の推薦で『文学界』に作品を発表するのは、多分にここでの関係に始まっている。

53 一九二四年四月創刊。一九二七年十二月終刊。「口語歌、あるいは短唱、または新俳句などの新体の試作をなして、おりから隆盛になろうとしていた口語歌運動や自由律短歌運動の上に、側面的な刺激を与えた」とされ、「昭和短歌史の序幕となったと見なしてよい」（木俣修）雑誌だという。

54　木谷喜美枝「令女界」（日本近代文学館・編『日本近代文学大事典』第五巻新聞・雑誌所収）。雑誌の注記は、『日本近代文学大事典』第五巻新聞・雑誌編による。

55　第三期（一九一七年二月から一九四四年十二月）。編集発行者若山牧水。二八年九月牧水没後は、妻喜志子が発行。

56　一九一四年六月、窪田空穂が創刊。「大正期以後の歌壇の有力誌の一つで、作風は写実を基調として現実生活、自然を着実に歌」（武川忠一）うとされる。

57　一九一七年十月創刊。総合短歌雑誌。「長期にわたる歌壇唯一の総合誌として、短歌の新課題をとりあげた評論のほか、古典研究、新人発掘に力を入れた」雑誌で、「大正期から昭和初期の歌壇に寄与するところが多い」（武川忠一）といわれる。

58　一九二九年五月創刊。「昭和初期の新興短歌運動勃興期に、その方向の推進を意図して創刊された短歌総合雑誌」（武川忠一）であるという。

59　逸見久美「冬柏」『日本近代文学大事典』所収。

60　「後記」の二に山城は、「この一巻に収めたのは、昭和七年から、昨十二年までの間、『冬柏』に発表させていただいた作品、二千八十余首のうちから、晶子先生の手を煩して、千余首の寛撰をお願ひし、更にその内の七百六十二首だけを、私の方で勝手に撰りぬいて、編集したものである」と書いている。そのことに関して、与謝野晶子も「序」で触れている。

61　詩歌雑誌。編集兼発行者飯尾謙蔵。「愛誦短歌」は生田蝶介が選にあたった。

62　一九二五年十月創刊。「「若き女性の雑記帳」を標榜して、読者から文芸作品の懸賞募集を行い、無名の人の投稿作品の掲載によって、それらの人々を鼓舞し、文壇に新風を送る機関ともなった。いわゆる少女小説の流行に寄与するところがおおきかった」（辻淳）という。

63　「平明にして香気ある清新の作品へ」「簡素にして含蓄ある言葉の選択へ」「旧詩歌に訣別して新詩歌の建設へ」を「標語」にした（新詩歌）雑誌。編集兼発行者は永井正三郎。

64　一九三四年六月創刊。『明星』の歌風を色濃くうけつぎながら新伝統主義ともいうべき古典尊重の姿勢を打出し、いちじ、「新古典主義」を提唱した。自在で個性にみちた活動をしめした」（阿部正路）とされる。

65　一九二六年二月、窪田空穂を中心に早大短歌会のメンバーによって創刊。「空穂の創刊趣旨により作歌と国文学研究を柱とし創作と批評にわたる」（村崎凡人）短歌雑誌。

66　一九三五年六月創刊。北原白秋主宰。「現実主義をこえたところにある象徴主義の伝統の上に「近代の幽玄」というかつて和歌史上に存在しなかった新しい象徴の世界を希求する立場にたった」（吉野昌夫）活動をめざしたとされる。

67　一九三一年一月創刊。編集兼発行人杉原善之介。「長与善郎を中心とした『竹』が、武者小路（実篤）およびその周辺の人々を擁して再出発した雑誌」で「武者小路の苦境時代の雑誌」（今井信雄）であるという。

68　編集者前本一男、発行者岡本正一。今井邦子が選にあたった。

69　一九三九年四月創刊。編集兼発行者浅野重量、式場隆三郎。日本民芸協会発行。

70　一九三二年十月創刊。「木村（捨録）のおこした日本短歌社から発行された雑誌で、同時期に歌壇の総合雑誌には改造社の『短歌研究』が創刊され、ほかに『短歌月刊』『短歌春秋』があったが、『日本短歌』は初学者層の啓蒙を意図した性格を持って出発」（武川忠一）した雑誌。

71　一九三一年四月創刊。「歌と人生観照、世界観照を両立させ、歌と人生との相互創造をなしとげる意図をもって創刊」（武川忠一）された雑誌。

72　『合同歌集　梯梧の花』（一九七〇年五月）の「あとがき」は国吉有慶　泉国夕照の連名になるが、そこに「大正の末期から昭和の初期にかけて沖縄では文芸熱が勃興して地域に、職域に、グループにいろいろの同人雑誌が続出していた。このブームが下火になった昭和三年に宮里浪影（浩司）さんが那覇簡易保険健康相談所長に就任し、帰郷した。これを機会に那覇、首里在住の歌人が集まって「梯梧の花短歌会」を結成し、歌誌「梯梧の花」（月刊）を発行するとともに毎月短歌会を催して批評しあっていた。会も石垣囲ひの住宅街上之蔵の浪影さん宅や嘉数バンタに漫湖の潮騒を聞きながら或は夕靄こめる那覇の街を見おろす泊の黄金森など諸所で催していた。ところが戦時体制に入って雑誌の発行はできず、歌会も途絶えがちになり、それから戦争で中断されて同人も四散してしまった」とある。また「戦前の『梯梧の花』を探し求めたけれども一冊も見付けることが出来ず残念にたえない。同人諸兄も戦前の歌稿はほとんど灰燼にきしたようである」と書いている。

あとがき

本書に収録した三編の初出は次の通りである。

「『南洋情報』とその時代」『日本東洋文化論集』第八号　二〇〇二年三月

「短歌雑誌とその時代――沖縄出身歌人の20年（一九二六年～一九四五年）――」（初出題「昭和戦前・戦中期（一九二六年～一九四五年）の短歌――沖縄出身歌人の20年」平成9年～11年度文部省科学研究費補助金『近代沖縄文学の比較ジャンル論に関する基礎的研究』研究成果報告書　二〇〇〇年三月）

「『月刊文化沖縄』とその時代」『日本東洋文化論集』第七号　二〇〇一年三月

二〇〇〇年三月「短歌雑誌とその時代――沖縄出身歌人の20年（一九二六年～一九四五年）――」を発表した前月の二月には、「『八重山文化』とその時代」（『沖縄八重山の研究』所収　相模書房）を発表していて、二〇〇〇年前後の私は、雑誌に関心が向いていたことがよくわかる。

沖縄の表現者たちの作品を探すために、「短歌雑誌とその時代――沖縄出身歌人の20年（一九二六年～一九四五年）――」に見られるように、雑誌を片っ端からめくっていくといったことが一段落して、一つの雑誌をまとめて扱ってみたいという気持ちが出てきていたのである。

今回、一つの雑誌に焦点を絞って書き継いできたものを「雑誌とその時代」として一冊にまとめておく必要があると思ったのは、『月刊文化沖縄』について、びっくりした、というより嬉しかったといったほうがいい言葉を戴いたことにある。

私は、「『月刊文化沖縄』とその時代」のなかで、次のように書いていた。

（1）『月刊文化沖縄』の第三年目、第三巻は、第一号から第五号まで欠。現在見ることの出来るのは、八月号第三巻第六号からである。八月号が第六号であることから、雑誌が二度休刊したことはわかる。それがどの月であったかについての判別は難しいが、少なくとも七月でなかったことだけは明らかである。

（2）昭和十八年第四巻第一号は、所在不明。

そのように書いていたことも忘れて久しかったのだが、久し振りにあった方に、それらの巻・号が所在することを教えられたのである。

さっそく教えられた通りそれらの巻・号のあることを確認したあとで、私は、何故、（1）（2）に見られる通り、それらを見落としてしまっていたのか、考えざるをえなかった。

長い間、雑誌と取り組んできてわかったことの一つに、しっかりした発行所の雑誌は別として、全巻揃っている雑誌は、そう多くあるものではない、ということがあった。明治から昭和戦前期にかけて発刊された雑誌になると特にそうだし、沖縄で発刊されていた雑誌ということになると、さらに、その揃いを手に取ることは困難になっていくことを身に染みて知らされていた。

たぶん、そのようなことで、私は、当時、欠号のあることを、仕方がないものとして、処理してしまったに違いないのである。

私が欠号だとしていたのがあったということは嬉しかった。久し振りに、欠号だとして一蹴していた雑誌に対面したことで、その部分についての書き直し、あるいは補筆をする必要があると思い、初出に手を入れようとしたのだが、思い直して止めることにした。理由は、いろいろあるが、一つには、所在しないということを、信じてはいけないという証拠を示すものとして。同じ事だが、所在しないと思っていたものが、数年後には出てくることもあることから、その確認をおこたってはいけないといったことを、ふりかえらせてくれるものとして、といったことになろう。

本書は、大切な指摘を受けてまとめたものである。本書に収めた他の二編に関しても、雑誌の所在等その他について、当時は欠号だったもので、今では揃って、別の資料が見られるといったように、幾つかの改訂を必要とする箇所がありそうだが、今回は、文章を適切なかたちに改めるだけにして、ほぼ初出のままにした。
尚、戦前・戦中期の表現には、適切ではない言葉遣いが見られるが、それも、大切な資料の一つだということで、そのまま使用した。

二〇一四年一二月

著者略歴
仲程　昌徳（なかほど・まさのり）

1943年8月　南洋テニアン島カロリナスに生まれる。
1967年3月　琉球大学文理学部国語国文学科卒業。
1974年3月　法政大学大学院人文科学研究科日本文学専攻修士課程修了。
1973年11月　琉球大学法文学部文学科助手として採用され、以後2009年3月、定年で退職するまで同大学で勤める。
主要著書
『山之口貘――詩とその軌跡』（1975年　法政大学出版局）、『沖縄の戦記』（1982年　朝日新聞社）、『沖縄近代詩史研究』（1986年　新泉社）、『沖縄文学論の方法――「ヤマト世」と「アメリカ世」のもとで』（1987年　新泉社）、『伊波月城――琉球の文芸復興を夢みた熱情家』（1988年　リブロポート）、『沖縄の文学――1927年～1945年』（1991年　沖縄タイムス社）、『新青年たちの文学』（1994年　ニライ社）、『アメリカのある風景――沖縄文学の一領域』（2008年　ニライ社）、『小説の中の沖縄――本土誌で描かれた「沖縄」をめぐる物語』（2009年　沖縄タイムス社）。『沖縄文学の諸相　戦後文学・方言詩・戯曲・琉歌・短歌』（2010年）、『沖縄系ハワイ移民たちの表現』（2012年）、『「南洋紀行」の中の沖縄人たち』（2013年）、『宮城聡―『改造』記者から作家へ』（2014年）以上ボーダーインク。

雑誌とその時代
沖縄の声　戦前・戦中期編

2015年4月20日　初版第一刷発行

著　者　仲程　昌徳

発行者　宮城　正勝

発行所　ボーダーインク
〒902-0076　沖縄県那覇市与儀226-3
電話 098(835)2777　fax 098(835)2840
http://www.borderink.com

印刷所　でいご印刷

ISBN978-4-89982-271-4